情敵

연적

金浩然——著
陳品芳——譯

台灣版獨家作者序

即使笨拙，仍能勇敢追求真誠的愛情

聽說我的第二部長篇小說《情敵》要在台灣出版，我真的很高興。有句話說「人人都能拼湊自己人生的經驗寫出一部小說，但要寫第二部就是另一個問題了」。而我也在幸運地發表出道作品《望遠洞兄弟》之後，面對究竟能否寫出第二部小說的恐懼。我雖然有許多創作的靈感，有段時間卻完全無法掌握其中哪些最適合用來寫作。就在那個時候，我去靈骨塔祭拜我曾經敬重的對象，《情敵》的發想便靈光乍現。我當時決定放下其他所有念頭，以這個故事作為我的第二部長篇小說。經過寫作、再改寫、一再改寫的過程，我得以成為有第二部小說的作家。

正是《情敵》這部作品讓我知道，我可以繼續當一個小說家，而這本書同時也廣受我「眞正的書迷」所喜愛。其實《情敵》出版時，並沒有像前作那樣受到廣大的矚目，也沒有登上暢銷排行榜。但一直持續受到讀者的喜愛，也有電影公司將版權買走（因爲新冠疫情導致製作延宕，作品依舊在製作中），去年也在首爾大學路的小劇場舉行了爲期三個月的舞台劇演出。看著這整個過程，我驚嘆《情敵》這部作品雖然速度不快，卻依舊穩健地成長著。而現在這本書也能跨出海外，首次分享給不同國家的人。想到那個國家就是熱愛我作品的台灣、想到台灣的讀者們能夠接觸到這部作品，就讓我想立刻從椅子上站起來跳迪斯可。

《情敵》講的是在人生和愛情上都很笨拙的兩個男人與一個女人的故事。

在個性與外貌上呈現兩個極端的這兩個男人，帶著深愛的女子的骨灰出走，只爲了找一個更好的地方送她最後一程。這是一首讚歌，讚頌即使笨拙，仍能勇敢追求眞誠愛情的青春，同時也是我對自身過往的懷念。希望台灣讀者也能從多個不同的角度，享受、感受這個故事。希望民眾、安迪與在妍能夠開心地走遍台灣各地，跟台灣讀者們手牽手一起散步。

WARMEST

在首爾的金浩然　敬上

目次

序 安山

在妍死了。星期一上班路上，我查看週末未讀的訊息，才得知她的死訊。在上班尖峰時段，我在地鐵車廂裡忍受通勤路上死氣沉沉的人群，突然獲知她的死訊。在廣播以中文告知下一個停靠站之後，車門開啓，我帶著沉悶的心情走出車廂。

我坐在月台的椅子上，重新讀了一遍那封以她的名字傳來的群組簡訊。竟然用故人的手機傳達訃聞，還眞是個惡劣的玩笑。我不知道自己是該繼續去上班，還是該回家整理一下心情再去參加告別式。下一班列車駛入，月台上排隊的人群消失。幾波人潮來去之間，我呆坐在椅子上好一會兒，不知如何是好。

最後，我好不容易打起精神繼續去上班。我將情緒的船錨深深擲入腹中的某處，努力完成一天的工作。我參加週會、確認書籍印製數量，午餐則叫中式料理外送，下午校閱了要上傳的書稿。在書稿即將看完的時候，我終於決定要去在妍的告別式。用這些時間做出決定，對我來說速度算是很快。看了一下時鐘，現在剛過下午五點。老闆去參加東京書展，編輯二組的組長早早出去開會，一直沒有回來，他肯定是直接下班了。我看了看公司裡剩下的同事，告訴唯一的組員吳代理說我要先下班，隨後便離開辦公室。告別式辦在安山，如果想去那裡，我得趕快出發。

離開出版社所在的辦公大樓，我看到那間咖啡廳，她每次來找我都會到那裡等我。那間店名巧妙地模仿了連鎖咖啡廳來營造趣味，那也是我們第一次見面的地方。後來她每一次來找我，也都沒有進來出版社，而是選擇在那等待。我突然好氣。幹，倒閉跟家常便飯一樣的咖啡廳都撐了三年，爲什麼妳卻死了？

搭地鐵前往告別式會場的路遠到令人疲憊。雖然我提前離開公司，但還是遇到下班尖峰，車廂人潮擁擠，一直到鄰近終點站的古棧站之前，都沒有任何空位。我就只能站著，所以也不能讀書，只能透過智慧型手機查看新聞。這些事情現在都與她無關了。我不耐煩地點閱著這些只有活人才需要理會的事，試圖安撫自己的心。

越靠近古棧站，我的心跳就越快。我眞的可以去嗎？去到那裡，我有臉看她的遺照嗎？會不會有人認出我？我是該留下來吃飯，還是上完香就離開？奠儀該包多少才好？還是乾脆在這站下車，直接坐車回家？但都已經搭了這麼遠。要不是我跑到需要考慮距離的地方，就不會這樣進退兩難了。我已經上車超過一個小時，在冷颼颼的地鐵冷氣吹拂之下，我冒著冷汗，雙腿有些發軟。最後，我今天第二次中途下車。

想法一多，我就會變得膽小。不，或許正是因爲膽小才會想太多。因爲膽小，我總是只敢想不敢做，在妍說我有「選擇障礙」。確實如她所說，我總是遲疑，無法做出任何決定，連去她的告別式都這樣猶豫不決。已經是最後了，在她面前還是這樣磨磨蹭蹭。是啊，既然決定要去，那就去吧。去到那裡別跟任何人對上眼，只要對她的遺照行禮就好。奠儀照一般標準包五萬韓元，飯什麼的也別吃了，悼念完立刻轉身離開會場。

我坐在長椅上下定決心，拋開渴望抽根菸的念頭，再度走入地鐵車廂。

我在古棧站下車，迎著黏膩的熱氣往高麗大學醫院走去。不知是不是中途下車整理心情產生了效果，我覺得自己的步伐相當有力。去見在妍、去面對她的死亡，終究是件令我恐懼的事。比起悲傷，我更感到恐懼，接著是後悔與心痛。我努力甩開如八月黏膩高溫般將我包覆的情緒，堅定地朝醫院走去。

告別式會場的氣氛相當凝重。香的氣味、花的氣味、辣牛肉湯的氣味重重竄入鼻腔。我艱難地移動沉重的腳步，往她所在的會場走去。穿越一群穿著黑衣服的人，我站在靈堂前，面對她的遺照。那張遺照看起來像從一般照片上截取下來的，解析度很低，卻帶著笑容。即使解析度不佳，但那如草食動物般善良的雙眼依然清澈明亮，整齊的牙齒從雙唇間露出，甚至帶點淘氣的感覺。一股寂寥的悲傷在我心中積聚，我彎下腰，再也無法直視她的笑容。行了兩次大禮、再鞠了一個躬，然後才轉向喪主——一位三十多歲的女性。她是在妍的姊姊，跟在妍相貌神似，神韻卻有些不同。我們互鞠了個躬，我害怕她會開口問我些什麼，便趕緊轉身離開。快去穿鞋，離開吧，趕快離開這裡吧。我沒有理會在餐廳吃辣牛肉湯配燒酒的人們，直接離開靈堂，最後又回頭看了她一眼。她那爽朗的笑容，眞的很超現實。不知地球的重力是否突然被調到無限大，我感覺自己一步也無法移動。我皺著眉努力抬腳，胸口卻有如被岩石壓住喘不過氣，瞬間一陣燥熱湧現。我努力調整呼吸，試圖壓抑那令自己口乾舌燥的熱氣，穿越靈堂離開會場。

我走下樓梯，前往出口所在的一樓。這時，再也見不到她的想法重重往我的後腦杓敲了一棍，我的情緒瞬間爆發。可惡。就在我閉眼想阻止爆發的眼淚奪眶而出時，腳突然踩空失去重心，整個人差點摔下去。就在這時，突然有人拉住了我。對方穿著黑色西裝，是一名健壯的男子。在他的攙扶之下，我好不容易站穩，但因爲不想讓人看到我的眼淚，因此始終低著頭。男子拍了拍我的肩，說道：

「你只是來弔唁，差點也跟著上路了。」

與那粗壯身材十分相襯的粗獷嗓音鑽入我耳裡，我趕緊轉頭去看。男子不知何時已經爬上樓，穿過走廊往禮廳走去，直到在妍的禮廳前才停下，拿出裝著奠儀的信封。我這下終於想起他是誰了。

他也有認出我嗎？雖然我不怎麼樂意去想這件事，卻還是不能不想。帶著這個念頭，我走出殯儀館。

舟坪

那天熱得令人發狂。太陽光如地獄之火，把我的頭蓋骨曬得宛如爐子上的鐵鍋，我感覺大腦都要煮熟了。我抵達舟坪邑之後又花了三十分鐘，才終於搞清楚往舟坪追思公園的公車兩小時才有一班。我一直只生活在首爾，這種小城鎮的風景實在陌生得令人恐懼。走在街上的人們有如吐著舌頭的野狗，隨時都可能撲上來撕咬我。我走進藥局，買了一瓶救命水來喝，最後才開口詢問老闆關於公車的事。

老闆建議我搭計程車。車資大約兩萬韓元，聽到這句話，我第一個想法是感到擔心。要跟陌生的計程車司機，一起移動價值約兩萬韓元的距離，而且還是在這個陌生的窮鄉僻壤。我對自己沒考駕照這件事後悔了大約一百次，然後才離開那間藥局。

我來到巴士客運站前的計程車乘車處，坐上

一輛排班的計程車。跟那位看來比我年長幾歲的司機說了目的地後，只見他嘆了口氣，隨即發動車子。我心裡侷促不安，即使坐在開著空調的車裡仍感到燥熱。

大約開了五分鐘左右吧？那計程表似乎沒有啓動。該怎麼辦才好？這裡難道都不跳表的嗎？還是司機忘了？這樣下去可以嗎？如果開到一半，司機才發現自己忘了按表，那車資應該會比較便宜吧？還是司機故意不按表，想要私下削我一筆？我得鼓起勇氣。

「那個……司機先生，您好像忘了按表。」

「你從首爾來的吧？」

司機頭也不回地說。

「對。」

「在這種小地方，固定距離就是收固定的錢，你付那些錢就好。」

他瞥了我一眼，露出一個壞壞的微笑。

好尷尬。但我不想被當傻子，於是我再度鼓起勇氣。

「既然這樣，那……車資大概是多少？我剛才有問藥局老闆，他說過去那邊大概兩萬韓元左右……」

「開計程車的人難道是藥局老闆嗎？」

司機沒好氣地說完，便加速超越前面那輛車。

我也沒辦法再說什麼，只能努力壓抑自己激動的心情，感覺像是被困在這輛車上。

在這單線道的路上開了約二十分鐘，行經一片工業用地，接著便來到追思公園，眼前是一片整齊劃一的墓碑。司機將車停在追思公園門口，開口跟我要了三萬韓元的車資。我氣勢輸人一截，無法多說什麼，只能一臉尷尬地遞出信用卡。他似乎看穿了我的心思，再次強調這地方根本沒什麼東西能賺錢，還說這就是鄉下的規則。

我早已放棄請他回程以跳表計價載我的想法。這麼做雖然是有些小氣，但我還是在付了三萬韓元、拿回信用卡之後，下車並用力甩上車門。

像是要報復我摔門，計程車揚長而去，還掀起一陣沙塵。

我站在追思公園的入口，看了一下園區地圖。舟坪追思公園大多採行土葬，園區中央有一座擺放骨灰罈的追思館。追思館一—二〇三B，就是她在的地方。今天是在妍的祭日。我深吸了一口氣，隨即走進追思公園。外頭陽光依舊灼熱，死者的長眠之地卻是無比冷清。

一年前，在妍經過火化成了一撮骨灰，被安放在這裡。我透過在妍的朋友宥娜的Facebook，觀看整個火化過程的實況轉播。宥娜是我不想要有太多交集的女性，也不清楚她跟在妍的感情爲何那麼好。當時她上傳在妍骨灰的照片，並寫下「我重要的創作之友在妍……希望妳在天上也能繼續妙筆生花……adieu（再見）」這樣一句話。但沒過幾天，她繼續上傳許多甜點照、刻意鼓起臉頰裝可愛的自拍照。而在妍的骨灰照被越推越後面，我覺得可恨極了。

即便如此，我也很慶幸自己沒有刪她好友。經歷了幾個季節，我依然思念著在妍。她的死充滿疑問，令人難以接受，我想不出個答案，這成了我心中永難釋懷的謎。每當我就要遺忘曾經與她共度的時間，那些時光便會像一再捲土重來的夢境，支配我的潛意識。無法停止思念在妍的日子，不知不覺持續了一年。我翻找宥娜的 Facebook 貼文，從她一年前的骨灰照貼文中，找到「舟坪追思公園」與靈骨塔位的編號「一一二〇三B」。

追思館安靜得像圖書館。入口處，年邁的管理員正與應該是他朋友的一位老人家一起，邊喝著馬格利酒邊下象棋。追思館像坐擁無數藏書的書庫，有無數個骨灰罈放在四方形的塔位空間裡。而看起來一點也不像追思賓客的我，宛如幽靈一般在其中徘徊。

走在塔位之間，仔細查看編號，無可避免地要面對瀰漫在每個角落的失落感。貼在兒童照片前的便利貼上，承載了父母哀戚的思念。中年男子與妻子和女兒共同拍攝的照片旁，貼著粉紅色的弔唁花束與工整寫著「爸爸，我好想你」的紙條。那會不會是照片裡看起來還在讀幼兒園的女兒，在成爲小學生之後親手寫下的留言？想像的同時，悲傷也如實傳入我心裡，令我不自覺放緩了腳步。我努力穩定自己的心情，走往下一區尋找她的塔位。

來到下一區，我發現那裡站了個穿著西裝的壯碩男子。他靜靜望著玻璃櫃中的骨灰罈，隨後掏出手帕擦了擦眼角。我覺得他就像受了傷的動物。走過他身旁，我繼續尋找在妍的號碼。在無數的死亡意象之中，要找出她的號碼並不容易。

繞完一整區，我才發現自己似乎走過頭了。於是我轉頭往回看，才正眼看向剛剛經過的那名壯碩男子，並發現他所站的地方正是「一一二〇三B」，在妍的塔位編號。

爲了不妨礙他追思故人，我剛剛才加快腳步離開，沒想到在妍的骨灰罈就在那裡。他是誰？我小心翼翼地觀察他，極力掩飾內心的驚訝。男子似乎注意到我，便轉過頭來，他看著我的表情也有些驚訝。

我站到他身旁，努力不去理會他打量我的目光，專心看著眼前在妍的骨灰。想起剛才被計程車司機小看的事，我可不能在這裡也敗下陣，來到在妍面前，我不能讓她看到自己的蠢樣。雖然感到很不自在，但我還是站到男子身旁，直直盯著在妍的骨灰罈。

男子吸了吸鼻子，隨後踩著喀噠喀噠的步伐離去。

是那傢伙，我一年前在告別式上遇到的傢伙。

是在妍跟我交往之前交往過的對象。

我決定忘記這次令人極度不自在的相遇，專注看著在妍所在之處。看起來，除了那傢伙以外，似乎沒有人再來過這裡。玻璃櫃內除了刻有韓在妍三個字的骨灰罈之外，便沒有其他東西。告別式上也是，都沒看見她父母的身影。其他塔位都貼滿了便條紙、放滿了花，在妍與他們形成極大的對比。連在這裡，她都是這麼孤單啊。生前孤單的她，往生之後依然孤單，方方面面都跟在妍給人的形象如出一轍。我一方面感到欣慰，一方面又有些惆悵。懷抱著這難以形容的心情，我才發現自己竟然空手而來。

因爲覺得至少要送上一根她喜歡的香菸，於是我拿出一根菸。點了火，抽了一口，便把香菸當成香，豎直起來拿到她的骨灰罈前。接著我再次深吸了一口菸，輕輕吐出一陣煙霧，彷彿希望用這陣煙霧環抱她。我下意識地開口喊了一聲：

「在妍……」

突然，一陣用力敲打大理石地板的聲音靠近。那極具攻擊性的皮鞋聲逐漸靠近，肯定是那傢伙。他爲何回來？爲了攻擊我嗎？我問他爲何而來，他會回答嗎？在複雜的思緒中，我不自覺感到憤怒。我莫名不想輸。我以壯士斷腕死守陣地的心情，在原地站穩腳步。

那傢伙走了過來，但我沒有離開。只見他用手將香菸的煙霧揮散，並且緊靠在我身旁，拿出一束從花店買來的紅色玫瑰，貼在在妍的塔位前。他舉手動作之間露出那壯得就要將襯衫撐破的發達二頭肌，一邊把弔唁用的花束貼在塔位上，一邊還不著痕跡地將我往旁推開（或許這就是他用來擠開我的手段）。我雖不喜歡這樣，但他的氣勢實在太強，無奈之下只能往旁退開。膽小的我，只能做出這點程度的抵抗。

我壓抑想用拳頭搥打他厚實背部的衝動，只是盯著他的一舉一動。他難道是想用玫瑰花束把在妍的骨灰罈包起來嗎？不過是弔唁花束，他卻非常仔細地拿膠帶在貼。等等，仔細一看，他用膠帶拼出了一個愛心！咳，我不自覺笑了出來。他似乎是聽到我的笑聲，便短暫停下了動作，我也瞬間停止呼吸。只見他肩膀抖動一下，隨後又縮了回去，繼續貼著花束。

這傢伙眞搞笑。明明是自己劈腿，現在還跑來這裡裝什麼可憐？分手之後，他還一直爲了復合苦苦糾纏，讓在妍很是痛苦。之前我只見過他一次，就是跟在妍剛交往的時候。當時我們一起在她房間看綜藝節目《無限挑戰》，電話一直響個不停，她要我等一下，自己一個人到外頭去。我覺得很可疑，便從窗戶往外看，看到在妍與這個塊頭大她兩倍的男人正在對峙。他是典型的肌肉男，就是去健身房一定會遇到的那種人，會直挺挺地踩著外八字的步伐，用全身告訴在場所有人，自己就是這健身房的霸主。事實上，他也是在妍當兼職瑜伽老師的健身俱樂部老闆（說是俱樂部，其實也就是大一點的健身房）。

雖然聽不到他們說什麼，但狀況看起來很嚴肅。我很緊張。那傢伙要是打在妍怎麼辦？我是不是該趕快出去站在在妍身旁？不，我似乎不該貿然出面。一方面是因爲我後天缺乏鍛鍊，根本沒有肌肉，實在沒有信心能對抗那個肌肉男，而且我這輩子也從來沒有眞正跟人打過架。簡言之，我很怕。但要是在妍被打，我也不能這樣袖手旁觀。正當我越想越多時，那傢伙竟突然下跪了。這是怎樣？他像塊大石頭，動也不動地跪在那，在妍也繼續站在他面前沒有動作。而我則愣在原地，遠遠看著他們兩人。

稍後，在妍往前走了一步，彎下腰去抱住跪在地上的他。在妍似乎跟他說了些什麼，我聽見他抽泣的聲音。我沒有信心能繼續看下去，便轉過身看著電視。朴明洙與鄭埻夏正在打打鬧鬧＊，我把音量調高。

不久後在妍回來，我努力不去看她的臉色，她則若無其事地繼續看著電視呵呵笑。過了一段時間之後我才問她，當時她是怎麼打發那個像金剛一樣的傢伙？

她莞爾一笑說道：

＊朴明洙是韓國男主持人，鄭埻夏為韓國著名喜劇演員兼主持人，兩人當時皆為《無限挑戰》的節目固定班底。

「我的心已經不在他身上了，他要怎麼挽留呢？」

八個月後，我也跟她分手了。也許是因為我已經聽她親口說過，她的心一旦離開便無法再挽留，所以我無法做任何努力。機會早已過去，她要求我做選擇，我卻猶豫不決。她的心早已離去，就像天空中的晚霞那樣清晰，我卻不知如何是好，只能束手無策地等待黑暗降臨。

讓她離開的人是我。在這個如叢林般殘酷的世界，我像孤獨的草食動物，只顧著思考如何逃跑，又要怎麼挽留她？問題一方面是因為我沒有勇氣挽留，另一方面也是我沒有勇氣讓她離開。我裹足不前，而她踏上了自己的旅途。

想法停在這裡，我突然冒起冷汗，想起她最後的身影，想起她看著我的眼神，沒有流一滴淚卻滿是悲傷的眼神。當時我因她的眼神而愣在那，不知該如何是好。越過那傢伙高大的身軀，看著那張被半擋住的照片，她似乎是在問我：「過得好嗎？怎麼會跑來這裡？」

我羞愧地轉過身，離開了追思館。

第一次見到在妍時，我剛讀完她寄到出版社的創作小說。當時我剛成為編輯一組的組長，手下只有一個組員。也許是因為剛開始一份新工作，所以我很踏實地讀完每一份投稿，但每一部作品都令人失望。有些是整篇充滿表情符號的網路小說，有些則是以古代韓民族曾經統治滿州的荒誕史料爲創作依據，內容還不停說教。甚至還有一些作品，一看就知道是自己的人生自傳，卻硬要說是虛構小說……都是些不太能稱之爲小說的創作。

當我開始覺得閱讀這些投稿是浪費時間的時候，就讀到了她的《Be My Ghost》。「Be My Ghost」可以解釋成「當我的幽靈」，也會讓人聯想到英文的「Be My Guest」（請隨意），是很有趣的文字遊戲。

故事的內容就跟書名一樣有趣，我翻閱的速度越來越快。她的文筆雖然平實，節奏卻很快，架構也很嚴謹，明顯是受過故事情節與結構鋪陳的訓練。主角藏鏡人（影子寫手）的文字創作，逐漸改變了她自己與周遭的環境。故事適度融入懸疑推理和奇幻的元素，越到後面越是緊張。一口氣讀了兩個多小時，我發現自己竟在不知不覺間，開始希望這篇故事能好好完結。希望這架故事飛機能夠平安降落在跑道上。我已經好久沒有像這樣，不自覺地坐上名爲故事的飛機了。

雖然後面的發展有些無聊，但這仍是趟令人印象深刻的飛行。後面只需要再稍微梳理一下，做一點簡單的修改，就會是一部值得上市的作品。我當上組長之後，《Be My Ghost》是我看過最出色的投稿作品。

我將這作品帶到公司的出版會議上。當時我們公司的主力是歐美和日本小說，但會議才剛開始，提前讀過這份稿子的職員大多給出了正面評價。就連公司代表也都同意，要我試著去推動看看。

我撥打電話到投稿信內提供的手機號碼，一名聲音平靜沉穩的女性接起電話。

「喂？」

「您好，請問是韓在妍作家嗎？我是開花樹出版社編輯一組的組長苦民眾，您現在方便通話嗎？」

「是……請說。」

「我讀了您投稿到我們公司的作品《Be Me Ghost》。如果您有時間，希望能跟您商討一下出版事宜。」

電話那頭沒有任何回應。

「喂？」

「那……你們要把我的作品出版成書嗎？」

話筒那頭傳來的聲音比剛才稍大一些，也更爲激動了。

「是的，我們公司希望出版您的作品。希望您能來出版社一趟，討論相關事宜。」

接著又是一陣沉默。我甚至有些擔心，話筒那頭的她是不是走開了？她似乎對這通電話感到很意外，還需要一些時間平復心情。我耐心等下去，接著便聽到比稍早更低沉卻十分平靜的聲音。

「我明白了。什麼時候過去比較好呢？」

我們約好碰面日期，隨後便結束通話。我自認以公事公辦的態度將事情說明得很清楚，因而對自己感到很滿意。自從肩負起組長的職務之後，這是我第一次覺得自己有模有樣。

一星期後，我在公司前面的咖啡廳見到了她。

她穿著花俏的格子襯衫配牛仔褲，小巧的臉龐有著深深的酒窩，這著實是個令人意外的第一印象。因爲我以爲她就像小說的女主角一樣，是個愛化煙燻妝、做哥德風蘿莉塔裝扮的女性。作者的打扮風格竟與故事主角天差地遠，確實很令人驚訝。

我一邊喝著飲料一邊觀察她。大大的眼睛幾乎占了整張臉的一半，正好奇地四處觀望。她留著一頭短髮，一不小心就會讓人誤以爲是個男孩子。與其說是美女，更容易聯想到帥氣的美少年。她的長相超越性別框架，會讓人想以「長得眞好」來形容。

讀到好故事就已經讓人很有好感，在這樣的情況下與她見面，心情實在難以用三言兩語描述。我努力壓抑在心底蠢動的雀躍，平靜地說出公司對《Be My Ghost》的評價，並請她同意修改後半段的故事。

約。

她靜靜聽我說完，接著詢問簽約和出版排程的相關事宜。我說我們馬上就能跟她簽約，但出版時間得考慮到公司的安排。沒想到她竟然接著說，她可以立刻著手修改故事，希望能以最快的速度將書出版成冊。我說我會努力看看，並約好下個星期碰面簽約。

與她見面的時候，我努力壓抑自己的好奇心，但真正令我困擾的事情，反倒在她離開之後才發生——我竟然已經開始期待下星期跟她碰面了。我喜歡她端正的五官、看似用心打扮，卻又有些隨興的穿搭，以及與外表截然不同的果決，還有充滿迷人想像力的作品。這樣的不和諧感十分新鮮，我真的很好奇她是怎麼想出這個故事的。

隔了一週，她來到公司，跟代表碰過面之後，隨即完成簽約。代表似乎也很中意她，便邀她一起吃晚餐，並帶我們到只有重要作者來訪時才會去的高級生魚片餐廳。

多虧了代表對她的關注，我對她的疑問也一一得到解答。

「聽說妳以前是寫劇本的？是電影劇本吧？」

代表一邊舀著鮑魚粥一邊說。

「對。」

「哇，難怪故事結構這麼紮實。等等，那妳寫的劇本，有哪一部真的拍成電影嗎？」

代表單刀直入的問題，似乎讓她有些慌張。

「都沒有拍成電影……我都只有寫而已。」

「那妳有認識什麼演員嗎？還是跟妳一起工作的導演中，有誰比較出名呢？」

「不，沒有。」

「原來如此。也對啦，聽說那個產業也很辛苦。太好了，妳就來寫小說吧。在我看來啊，韓國作家只要能持續寫出暢銷小說，肯定有成爲韓國宮部美幸的潛力。」

她尷尬地笑了。恰好，我們點的清酒在這時上桌，我趕緊替代表倒酒，讓代表別再問下去。代表提起這款清酒的名字，並邀我們乾杯，她也不落人後地將杯中的酒一飲而盡。代表對此感到滿意，再爲她倒了一杯酒。

她一口氣喝完那杯酒，並用手去抓桌上的涼拌小黃瓜。我覺得她的動作就像吃著橡實的松鼠一樣可愛。

代表拜託她，說如果身邊還有其他劇作家也像她一樣會寫小說，請介紹給我們出版社。她連聲答應，代表非常開心，便又開了一瓶新的清酒。我要照顧飲酒過量的代表，還要注意她的狀況，因此幾乎滴酒未沾。她很開心，也會不時對酒後正在炫耀自己與公司成就的代表做出適當的反應。她沒有過度回應，但也沒有敷衍而令對方不快，我覺得她很聰明。

不知不覺間，桌上的生魚片已經吃完了。在等待用魚剩下的部位熬煮辣燉魚湯時，代表去了趟洗手間。

剩下我們兩人，突然就安靜下來，一陣尷尬的沉默籠罩。我天人交戰，一方面害怕自己像個連話都說不清楚的傻子，一方面又想說點什麼來博取好感，也因此沉默越拉越長。這時，我偷看了一下她的表情。

雙頰泛紅的她帶著微微的醉意滑著手機。果然只有我對這陣沉默感到尷尬，她一點都不在意。一想到這裡，我突然有了勇氣。

「喝這麼多沒關係嗎？我們代表有點煩人吧？」

她看了看沒剩多少酒的清酒瓶，隨後視線又轉到我身上。與她那滿是醉意的視線交會，我下意識別開了眼睛。

「你怎麼都不喝？」

她的咬字非常清晰，不像喝醉酒的人。

「我、我不太會喝酒。」

「我看不是吧？你應該很會喝吧……我們來乾杯。」

她舉起杯子，我也反射性拿起杯子。她用自己的杯子輕碰我的，我一口氣把酒喝下肚，腦中複雜的思緒也隨之清空。

她拿起清酒瓶往自己的杯子裡倒，也順手替我倒了一杯。我還來不及對她表示感謝，她便再度舉起酒杯。我拿起杯子跟她乾杯，然後用比她更快的速度拿起清酒瓶，再次替兩人各倒一杯酒。

我才剛把清酒瓶放回冰桶裡，代表就回來了。他碎唸說我這個年輕人都不喝酒，實在是太無趣了，接著便逕自舉起酒杯。他一口氣把酒喝完，隨後視線在我與她之間來回。共同享有一個愉快的祕密，讓我覺得跟她之間的距離拉近不少。

代表說他有一個後輩自己開店，是在延南洞那邊的單一麥芽威士忌酒吧，並興沖沖地帶著我們過去。她問代表，今年內有沒有可能出版她那本書。代表油腔滑調地說他正是這麼打算的，隨後笑著邀她乾杯。她則像是獲得了代表的承諾，欣然地將酒一飲而盡。前面已經喝了不少，再加上這一杯，她看起來醉得不輕。

我不自覺地用擔憂的眼神望著她，她卻對我露出一個神祕的微笑。不知是在說她沒事要我放心，還是在淘氣地質問我爲何不喝，我實在猜不透。

代表接連乾了幾杯，隨後還想再點酒，老闆卻堅守店規，表示他只賣每個客人三杯酒。我當下覺得幸好，沒想到代表不肯罷休，當場搶過我的杯子又喝了起來。沒過多久，他便趴在吧台上呼呼大睡。

這時，在姸對我露出不知該如何是好的神情。我觀望了一下，思考是否要把代表叫醒。她搖了搖頭，側身過來靠在我耳邊說：

「我先走了，今天很開心。」

她用眼神向我示意，隨後便起身離開。我不知該怎麼辦，只能望著她走出店門的背影。當她消失在店外時，一個念頭如閃電竄過我的腦海——不能就這麼讓她離開。

我趕緊起身，並要老闆照顧代表，隨後就追出酒吧。

我偶爾會想起來。

會想起她看著我，露出那個「接下來該怎麼辦」的表情。大多時候，那個表情代表她對當下情況的擔憂與疑惑。而很多時候，我無法解開她的疑惑。

即使再度與她重逢，我也無法像個充滿自信、對任何事情都有明確答案的男人。來到這個她成了一把骨灰之後孤獨停留的地方，我再一次認知到這件事。也因此我又再度逃跑，轉過身背對她離開。

我離開追思公園，開始漫無目的地朝鎮上走去。你有過在盛夏裡的大白天喝完酒之後，走在酷熱街頭的經驗嗎？而且那還是條柏油路。我現在就像這種狀態，昏昏沉沉的，甚至不知道自己的步伐是否正常。之所以會感覺球鞋底部黏黏的，並不是因為瀝青被高溫融化，而是因為我醉了。或許是醉於悲傷，或許是醉於羞愧。

我試著朝路過的車子揮手，但沒有人會為了如僵屍般走在國道旁的陌生男子停車。

我眞不該讓剛才那輛計程車離開，可是打開程式叫車又讓我覺得麻煩。我束手無策，只能沉浸在醉意中，繼續沿著國道向前。

感覺有什麼從胃袋衝了上來。嗚嘔嘔嘔，柏油路瞬間被染黃，是我早上吃的咖哩混著胃酸一起吐了出來。我蹲坐在地好一陣子，把嘴裡的唾液吐乾淨。居然這樣放肆地跑來追思自己過去的女人，看看我這副德性。腳下稀爛的嘔吐物映入眼簾，一如我令人失望的醜態。後方一輛車按著喇叭呼嘯而過，我精疲力盡、心力交瘁，只想直接倒臥在柏油路上。

我感覺到一輛車在身旁停下。轉頭一看，一輛藏青色的BMW停在那，引擎蓋在陽光照射之下無比刺眼。戴著墨鏡的駕駛搖下車窗打量我，我不覺得羞愧，也不覺得丟臉，我像在喊救命一樣大聲說道：

「那個，能不能請你載我回鎮……」

駕駛脫下墨鏡的同時，我嚇得忘記要把話繼續說完。稍早在追思館遇到的那傢伙，手上拿著墨鏡一派輕鬆地望著我。媽的，偏偏是這傢伙停車……我舉起手揮了揮並往後退，示意要取消我剛剛說的話。就在這時，喀噠一聲，是副駕駛座門鎖打開的聲音。

「上車吧。」

他露出淺淺的微笑說道。

「不用了。」

「你不是要回首爾嗎？我載你吧。」

他一直盯著我看，車內空調吹出的冷風輕掃過我的鼻尖，而在瘋狂的高溫之下早已無法正常思考的我，一個想法瞬間閃過腦海——也不是不能搭他的車。

「那到舟坪鎮就好……拜託你了。」

那傢伙點了點頭，隨後便將墨鏡戴了回去。

在逼近四十度的高溫摧殘後，如今坐上空調不斷吹出冷風的車內，我感覺自己連腦子都凍僵了。當然，我們之間就像矗立著一道冰牆，一直沒有人說話。他默默開著車，我則看著窗外，靜靜等著車子駛抵舟坪。

「不覺得很過分嗎？」

他突然開口，我則靜靜地聽。

「明明是忌日，竟然沒有一個家人來看她……看那樣子，該不會他們從沒來探望過她吧？」

我仍是一言不發。但他並不理會我是否回應，而是自顧自地越說越激動。

「而且還把她放在這種鄉下地方……怎麼可以這樣？」

雖感覺到他的目光看向我，我卻依舊看著窗外。

「在妍做錯了什麼？為何要遭受這種對待？你不覺得詭異嗎？」

我差點就要回他說「沒錯」。我轉過頭去，才發現他瞪大了眼睛看著我。那眼神就像在說，他知道我是誰。他當然不可能不知道，就像我知道他一樣，不，他對我的認識或許超乎我的想像。

我用眼神表示同意，他這才接著繼續說：

「都是我的錯，是因爲我不好，在妍才會變成這樣，這都要怪我。」

他如此哀嘆。行經減速丘，車子哐噹晃了一下，我的情緒似乎也跟著起伏。

「我要是多注意的話，也不會發生這種事……我眞的太沒用了，都是我的錯。」

「我也有錯。」

我不自覺脫口而出。看來就連自責我都不願意輸。

「不，跟你相比，我的問題比較大。是我讓在妍更痛苦。」

「……我的意思是……你不要太自責了。」

聽完我的話，他想了一想，隨後便轉動了他的脖子。我能聽見他的骨頭發出聲音。

「如果不自責……那要怎麼做？」

我覺得自己像沒事捅了個蜂窩，只能露出尷尬的表情。他也沒繼續說下去，而是專注開車。

閒散的國道旁，不知不覺開始有了餐廳與商店，我能看見小鎮的入口就在路的盡頭。這時，他再度開口。

「可是這眞的太過分了……在妍居然被關在那種地方。」

「……」

「你應該知道吧？她很愛旅行的事。」

「……我知道。」

「這樣的女孩，卻被困在這麼狹窄的空間裡，該有多悶啊，對吧？」

「是啊，我也覺得不是很好。」

他說得沒錯。剛才站在塔位前，比起深深感受到她已經死了，我更強烈地覺得她是被困住了。就跟這傢伙說的一樣，在妍比誰都要活潑，卻被困在那小小的四方空間裡動彈不得，實在令人遺憾又惋惜。

路口亮起紅燈，車子突然停了下來。那傢伙看著前方說：

「來救她吧。」

我嚇了一跳，轉過頭去剛好迎上了他的視線。

「我們去把在妍帶出來。」

我不知道該說些什麼。

「那裡眞的很糟糕，我們把在妍帶出來，送她去更好的地方吧。不要讓她待在那種被家人遺棄的地方，而是送去眞正的好地方。怎麼樣？」

號誌燈變換，後面的車開始按起喇叭。這傢伙卻絲毫不爲所動，靜靜等待我的回答。我看到他的眼裡滿是迫切，而我心裡也升起一股暖流。活著的時候，她是自由的。搬離了父母寬敞的家，選擇獨自生活，也是因爲不想受到拘束。即使有了情人，她仍然喜歡獨自旅行。如今的她，實在沒有理由待在這舉目無親的鄉下地方，受困在狹小的靈骨塔位裡。一想到這裡，我就覺得他說的話很有道理。

「要救她……你有什麼方法嗎？」

「當然有，你要加入嗎？還是不要？」

他看著我，像是在邀請我加入他的正義之師，而我不想輸了氣勢。

「好，我們調頭吧。」

「好！」

他將油門踩到底，方向盤一轉，來了個違規大迴轉。

他把車停在國道邊，走進一旁的店裡。我頭痛欲裂，在車上等他回來的同時，也突然清醒過來，開始思考自己究竟在做什麼。我現在可是打算去偷東西啊！該怎麼辦才好？一緊張起來，我的腹部便一陣翻騰。

他提了個塑膠袋回到車上，對我露出輕鬆寫意的笑容。再這樣下去，我恐怕真的要吐了。

上車後，他把他買的東西拿給我看。三瓶馬格利酒、珍味魷魚、花生和十字起子。他發動車子，開始向我簡報他的計畫。

「總之，我跟管理員喝酒聊天的時候，你就進去追思館把骨灰罈拿出來，很簡單。」

「這……叫很簡單？」

他左手握著方向盤，右手拿起十字起子給我看。

「玻璃四個角的鉸鍊是用螺絲固定的，所以只要用起子轉開來，再把骨灰罈拿出來就好。非常簡單。」

我開始認真思考，到了這個節骨眼，還有沒有方法可以挽回眼前的情況？

「拿出來之後，塔位裡面空蕩蕩的，會不會被人懷疑？監視器怎麼辦？」

他看著我的眼神，就像在看一個提出愚蠢問題的學生。

「我剛剛在玻璃上貼滿了花，根本沒人能看清楚裡面有什麼。監視器？那種東西得要警察來才能查看……你看，根本不會有人來這裡，路上完全沒車，對吧？」

沒錯，我來這裡的路上，也就只有看到幾輛車而已。

「即使過一段時間他們注意到，要回去調監視器紀錄，也會發現都是一場空！監視器紀錄啊，那種東西沒過多久就會刪掉了。所以我們只要當下想辦法掩人耳目就好，而這點我會自己看著辦，好嗎？」

我戰戰兢兢，不知該怎麼回答，隨後他又揚起嘴角。

「怎麼？沒信心嗎？會怕的話就退出吧。」

轟的一聲，我心裡燃起熊熊烈焰，那不值一提的自尊戰勝了使我畏首畏尾的恐懼。

「誰說要退出了？我只是想確認你的計畫可不可靠。總之我知道了，我們快出發吧。」

雖然我的聲音微微顫抖，但仍然說得非常堅定，只見他露出滿意的微笑並發動車子。我不想輸，我無法忍受讓他一個人去救在妍。

我們回到舟坪追思公園停車場，時間已經過了下午五點。才剛下車，這傢伙就開了馬格利往嘴裡倒了一口，用嘴裡的酒漱了漱口，隨後便提著裝有馬格利和下酒零食的塑膠袋，率先往追思館走去。我把十字起子塞在褲子後面的口袋，跟在他身後。

來到追思館門口，他對我這個共犯打了個暗號，便朝管理室走進去。透過窗戶，我可以稍微看到裡面的狀況。

「哎呀，這麼忙還來打擾您，真是不好意思。不過啊，老先生，我真的覺得好委屈。我那個哥哥居然又放我鴿子了！他明明就是長男，怎麼可以從來都不來探望爸爸？你說是吧？」

他用醉醺醺的聲音，開始跟管理室的大叔聊起天來。管理室的幾位大叔對這種情況似乎都不陌生，再不然就是對他帶來的馬格利極感興趣，只見他們一邊說「大白天的，年輕人怎麼喝得這麼醉？」一邊接過他手裡的塑膠袋。

輪到我上場了。放在褲子後面口袋的十字起子，感覺就像沉甸甸的手槍。也許就是這種心情，讓我感覺自己像悲壯西部電影裡的槍手。槍手射出最後一發子彈，從壞人手中拯救自己的女人，而我也要轉動十字起子，把她給救出來。我深吸一口氣，極力穩住顫抖的步伐，緩緩往追思館內走進去。

裡頭依舊是空無一人。我經過走道，在塔位之間徘徊了一下，來到一－二〇三B前面。就像那傢伙說的一樣，她的塔位玻璃上被紅色弔唁花拼成的巨大愛心覆蓋，不仔細往裡頭看，還真的無法輕易看出裡頭是否有骨灰罈。

我掏出十字起子，轉開左側上方的螺絲，原本牢牢固定的鉸鍊鬆了開來。好，接著只要按照他說的，把剩下三個角落的螺絲也轉開，鬆開所有的鉸鍊，便能把玻璃拆下來了吧。

轉動十字起子時，總覺得後方似乎有人在看著我，因此我隨時轉頭察看。架在窗邊的監視器肯定拍到了我的身影。萬一跟他說的不一樣，監視器的資料會長期保存呢？那被抓的可是我啊！這會不會是那傢伙設的陷阱？他爲了羞辱我所以才搞這一齣？個性謹愼小心的我，究竟是被什麼給迷惑，才會跟著他來到這裡？現在還來得及回頭嗎？

我那過度小心的個性又發作了。或許是因爲這樣，剛轉下來的螺絲從我手中掉了出去。螺絲在地上滾了好幾圈，最後滾進櫃子與地板之間的縫隙。

我幾乎是趴在地上查看，試著拿手中的十字起子去撈那顆螺絲。好不容易找到螺絲的位置，努力撈了幾次之後，才終於把螺絲撿了回來。不知不覺，我滿身的汗水已經乾了，甚至還開始覺得冷。我把螺絲撿回來，試著平復心情，專注拆剩下的螺絲。

是啊，已經覆水難收了。監視器？管他的。現在可不是磨蹭的時候。我將貼滿紅色弔唁花的玻璃拆下來放在地板上，雙手伸進去捧起她的骨灰罈。陶瓷做的骨灰罈冰冷且沉重。

我將她從又黑又窄的方形房間裡救了出來。接著我將玻璃和螺絲恢復原狀，抱著她走到外頭。

骨灰罈只是個沒有生命的物品，但裡面裝著她，她的骨頭被燒成灰裝在裡頭，因此對我來說，骨灰罈就等同於她。

我抱著她坐在車裡，一邊對抗著車內的高溫。時間越久，擔心我可能被抓的恐懼就越來越強烈，沒有那傢伙跟這輛車，我哪裡都不能去。

他絲毫沒打算出來。我低頭看著骨灰罈，隨後想起今天是我鼓起勇氣主動接近在妍的日子。就是在多年前的今天，我丟下喝醉酒的代表，主動追上去挽留她。這當下我想的是，或許今天會取代那一天，成爲我人生中最勇敢的一天。

那天，一離開單一麥芽威士忌酒吧，我就拔腿狂奔，隨後發現正往弘大入口站方向走的她。我下意識出聲叫住她，她停下腳步回頭，我卻突然不知該說什麼。

「那個……很晚了……我想說妳可以搭計程車……」

我就像平時在送作者或譯者離開時一樣，習慣性地掏出計程車資。

「現在地鐵還有車啊。」

她莞爾一笑，極力拒絕收下車資。

「那……我送妳到地鐵站吧。」

她沒有答應，也沒有拒絕，只是走在前頭。我追上她，與她並肩走在一起。她似乎是想藉著這段路醒酒，只見她不斷深呼吸。

一抵達弘大入口站，她便轉頭看我。

「你這樣跑出來，那代表呢？」

「代表？我就把他丟在那。」

她噗哧一聲，毫不掩飾地笑了出來。

「你把他丟在那沒關係嗎？之後會不會被罵？」

「那是他後輩開的酒吧，應該沒問題的啦。」

「……謝謝你，丟下代表來送我。」

「謝什麼，我們才要謝謝妳寫出這麼棒的故事。」

「是喔……總之，今天很謝謝你們，請我吃這麼好吃的東西，還跟我簽了約……」

她有些遲疑，我感覺她的話還沒說完。

「妳應該很累了吧？別這樣，就收下這車錢吧。」

「不，眞正讓我感謝的……是你發現了我的作品。還有，這麼快就決定出書，也讓我覺得很神奇。電影……電影總是要等很久。」

「我想也是。再怎麼說電影也……」

「不，其實不是要等很久，是不知何時能開拍。我寫的劇本全都沒有成功開拍，已經五戰五敗了。」

「什麼？」

「我寫了五個劇本，五個都被否決……但這次竟然一次就成功……這種感覺眞的很奇怪……感覺一切都像假的。這都是眞的吧？」

她抬頭看我，一雙大眼睛眨啊眨的。那眼裡的淚水彷彿隨時都要滑落，我趕緊奮力點頭讓她安心。可我誇張的行為，似乎讓她以為我是在開玩笑，她竟然眞的哭出來，惹得要進地鐵站的人都紛紛注視著我們。雖然大家誤會我是惹哭女友的混蛋，但她絲毫沒有心情去管那些目光，反而越哭越大聲。為了讓她冷靜下來，我把手搭在她的肩上。

「作家小姐，妳還好吧？」

她還是繼續哭，不能再這樣下去了。我下意識拉著她的手往馬路走去，隨後朝著路過的計程車招手。一輛計程車停下，我回頭看她。

「上車吧，我陪妳一起搭車。」

「不用了。」

她一邊回答還一邊哭，我想著不能這樣，便打開車門，自己先坐上車，再把她拉進車裡。她跟著我上了計程車。

直到跟計程車司機說完目的地，她才開始恢復冷靜，並有些尷尬地看了看坐在一旁的我。

「眞抱歉，我本來不是這種人的，但今天……就思緒比較亂。」

「沒關係。我們代表講話本來就比較直接，想到什麼就問什麼，對妳應該有諸多冒犯。」

「我不會因爲這點程度的事情就哭成這樣。」

她輕咬著嘴唇轉頭看我。

「今天眞是個好日子。我開始創作四年，今天終於正式簽了一個像樣的合約。」

「……」

「人家不是都說，人死之前，自己的一生會像走馬燈一樣在腦海播放嗎？剛才走到地鐵站的路上，明明還沒有要死，但過去四年受過的苦，就像幻燈片一樣在我腦海中浮現。所以我才會跟你說些沒必要的話……然後就哭了，哎呀。」

她露出一個尷尬的微笑，然後吐了吐舌頭。

那模樣實在太可愛，害我不想就這樣讓她走。雖然我是個無法輕易做決定的人，但當下根本不需要我做什麼決定。我就像跟家鄉朋友說話一樣，很自然地對她說：

「既然是這麼好的日子，我們要不要再去喝一杯？我請客。」

「不了。」

她踩了剎車。我的心瞬間一沉。

「你不是替我出了計程車錢嗎？酒就由我請吧。」

一直假裝沒在聽的計程車司機，這時呵呵笑了起來。

我們在離她家比較近的鷹岩洞下車，在附近找了間居酒屋進去。點了清酒配柳葉魚，酒一上桌我們便乾了一杯。乾杯後，她擦擦嘴看著我。

接下來她便再也沒碰過一滴清酒，開始說個不停。我甚至覺得並不是因爲聽的人是我，她才話匣子大開，而是因爲她現在需要立刻把這些事說出來，所以才隨便找個人聽她傾訴。我不禁覺得有些淒涼，但也只能啜飲著清酒，靜靜聽她說故事。

她住在一個人人稱羨的社區，在父母支持下衣食無缺地長大，是家中最小的女兒。她父親是高階公務員，母親是大學教授，還有個當醫生的哥哥，姊姊則是優秀的長笛演奏家。相較之下，她以相當平凡的成績，從平凡的大學畢業。即便如此，她仍靠著父親的影響力進入公營企業就職，職涯起步比別人輕鬆許多。

「這一切都很理所當然。我不需要打工，也不需要去考多益。之所以到公營企業上班，也是因爲嫁人之前得有份工作，我爸爸才特地替我打點，並不打算在那裡待太久。只是到職後兩個月，我就得開始四處相親。我爸媽或許是覺得，讓幾個孩子之中最沒出息的小女兒趕快嫁人，他們才比較能放心吧。可是從那時開始，我就開始懷疑這理所當然的一切了。」

她像個飢不擇食的人，想到什麼就說什麼，一滴水都不喝，我注意到她的嘴唇越來越乾。我舉杯向她示意，她便拿起清酒杯潤了潤乾裂的嘴唇。

「其實我有一個瞞著爸媽交往的男友。我們是大學同學，他先休學過一陣子，後來才復學，在外面自己租房子，生活過得很辛苦。因爲我先找到工作，所以吃飯錢都是我出，約會主要也是我在付錢。看他這麼辛苦，我意識到我所擁有的一切都很令人感激，但那些都不是眞正屬於我的。後來我開始思考自己的人生，也開始存錢，不再每個月把薪水花光，甚至開始思考辭職之後想做些什麼。也因爲這樣，我爸媽爲我規畫好的發展變得很沒有吸引力，我也告訴他們，我決定不再去相親。可是我爸媽卻開始責備我，哥哥姊姊也罵我搞不清楚狀況。他們一直怪我，說我不懂無法孝順父母，還不聽父母親的話。一想到我不聽從家裡的意見，可能得要付出的代價，我就感到害怕。不曉得你懂不懂這種心情……」

「我好像懂，像我現在就還跟爸媽住在一起。」

「對啊，那時我唯一的安慰，就是跟男朋友見面，在他的租屋處做飯來吃，再一起看《無限挑戰》。雖然我們兩個經濟都不寬裕，但自己做菜可以省下很多錢。至於約會就到漢江散步，不用花錢……總之，只要他找到工作，我就打算帶他跟我爸媽見面。有一個像樣的男友，我就不必再相親了。我當時是這樣想的，可是我很快就知道，這不過是我自己天眞的想法。」

「後來怎麼樣了？」

「從某一刻起，我就聯絡不上男友了。去他家也找不到他……後來我好不容易在學校圖書館找到他，他卻突然說再也不能跟我交往。他不是說不想跟我交往，而是說不能跟我交往，到底是發生什麼事了？」

「顯然有什麼隱情。」

「我一直追問，他才突然說他跟我爸媽見了面。我爸媽把他找去，要他以後別再跟我來往。接著他一臉喪氣地說，這讓他很屈辱，還說看到我就會想起當時那種不愉快的心情，叫我趕快離開。其實他講得更難聽，他叫我滾。我實在不知該如何是好，連道歉都沒有就轉身走了。我實在不想回家，也很害怕回家，但我又無處可去。我沒有朋友，也沒有只屬於我自己的空間……直到那個時候，我才意識到自己無處可去。那根本就不是我的家。只有成爲父母想要的樣子，我才能待在那個家裡，即使結婚也一樣。等我相親結婚，我就得變成先生心中理想的樣子，才能繼續在那個家裡生存。」

我又替她倒滿一杯清酒，她也繼續說她的故事。

「我下了非常堅定的決心才回家，我沒有問爸媽任何事，也沒有找他們追究，只是自己準備搬出去。爲了養活自己、擁有獨自生活的空間、做專屬於我的工作，我一直很聽爸媽的話。我把薪水存下來，如果他們替我安排相親，我就會以要買衣服爲藉口跟他們拿錢，再偷偷把那筆錢存起來。雖然我持續有去相親，但我也一直拒絕對方，藉此賺取更多時間。我不想跟爸媽一起吃晚餐，就刻意加班或去電影院殺時間。你知道嗎？棒球場跟電影院，都是可以只花一點小錢就能消耗大把時間的地方。但因爲一個人去棒球場有點不方便，所以一有機會，我就一個人去電影院看電影打發時間。回家後，我會騙他們說是跟相親的對象去看電影、約會，藉此騙取零用錢。後來，去電影院看電影消磨時間，就成了我的樂趣。那段時間，電影就是我唯一的慰藉。電影裡的一切，都能讓我得到安慰。電影讓我知道獨自生活、離開父母獨立、成爲社會的一員、守住自己的尊嚴、被他人理解、被他人所愛，都需要一定的犧牲。就這樣，我藉著電影學會了在學校和家裡都沒有學到的事。眞要說起來，電影就像我的老師。」

「妳最喜歡的電影有哪些？」

「《小太陽的願望》，你知道這部電影嗎？」

「不知道耶。」

「裡面有一個很糟糕的家庭，但他們都知道彼此無藥可救，所以又都團結在一起。

跟我家剛好相反。在我家，只要有人做出不對的舉動，就會被全家驅逐。」

「我得找這部電影來看看了。」

「最後，我就被驅逐了。不，應該說是我自己離開了。我花了大約一年半的時間偷偷存錢，還把之前買的名牌包、名牌衣服和名牌鞋都賣掉，存了大約三千萬韓元就搬了出來。當然，工作也辭掉了。」

「妳家人都沒有什麼表示嗎？」

「我不接我爸媽的電話。後來不知道我姊是怎麼找到我的，她居然跑來我的租屋處想說服我。我拒絕她之後，又輪到哥哥來找我……他還打我。」

「什麼？」

「因爲他想說把我打一頓，我應該就會聽話。我應該把當時被打到渾身瘀青的樣子拍下來才對……現在眞的好後悔。」

「太過分了。」

「這點程度不算什麼。沒過多久，我爸帶了一群人來找我，硬是把我押上車載回家。他們剪掉我的頭髮，把我關在家裡一個半月。對他們來說，孩子是自己的所有物，既然所有物不聽話，那就得想辦法教訓才行。可是這對我來說已經行不通了。一天晚上，我寫了一封很長的信給他們，然後就偷偷逃出來，從那次之後家人就再也沒來找過我了。」

「妳寫了什麼，他們怎麼放棄了？」

「我寫得非常過分，用來報復他們在我的身體跟心靈上造成的傷害。他們也得受點傷才行，這樣他們才不敢任意攻擊我。」

她再度把杯中的酒喝光，並對我露出一個神祕的笑容。

「寫完那封信之後，我才意識到書寫能夠幫助我整理心情。」

我點了點頭，表示同意她的話。

她說，從那之後她便開始創作。因爲電影劇本創作這份工作，可以同時結合她喜歡的電影與寫作，她才開始去學習劇本創作。

五年前，她在恩平區租了一間房子，還到便利商店打工，並且參加了某間私人文化中心開設的劇本寫作講座。在六個月的課程中，受邀擔任特別講師的導演很喜歡她在課堂作業中提出的想法，並提議邀請她一起創作電影。

「這對我來說，當然是從天而降的一根救命繩。在電影圈沒有任何人脈的我，竟然能夠收到這種提議，而且對方還是已經成功出道的導演。」

「後來妳就跟那位導演一起創作劇本嗎？」

她喝下杯中的清酒，神情有些苦澀。

「我們沒有一起創作，是我在他的指導下創作。以我提出的想法爲主軸，導演指導我一下這樣寫、一下那樣寫，但結果並不怎麼好。」

「那你們有簽約嗎？」

「當時我只想著能夠藉此進入電影產業，就沒有問簽約的事。只是單純想說等時候到了，他應該就會跟我簽約了。我很傻，對吧？」

「哎呀，原來電影圈眞的是這樣，我還以爲那只是新聞上的故事……那後來妳的生活怎麼辦？創作期間還是得要生活啊。」

「我就在恩平區到處搬來搬去，從全租押金三千萬韓元的房間*，搬到押金五百萬、租金四十萬的小套房啦。」

一開始，她住在佛光洞全租押金三千萬韓元的套房，後來搬到龜山洞、延新內，最後才來到鷹岩洞，租了個押金五百萬、租金四十萬的半地下室。她說，恩平區的物價跟房租都很便宜，這點讓她很滿意。出生以來從不曾離開江南區的她，不知從何時開始覺得恩平區就像她的故鄉，這也更讓她深刻感受到自己眞的搬出來獨立生活了。雖然我跟她同年，但我卻從來沒有離開家獨自生活過，這樣的心情實在難以體會。

「但妳還是很了不起。我也得盡早獨立才是。」

「我給你一個建議吧。在賺到全租押金之前，你就先跟父母住。如果你住月租套房，每個月繳租金、公共事業費、醫療保險和國民年金就要七、八十萬韓元。」

「哦，好。」

「光是這些就這麼多喔，如果你想在首爾生活就得這樣，懂嗎？」

她雙眼直直盯著我。那雙滿是醉意的眼，看起來實在令人害怕。我點了點頭表示同意，而她則搖搖頭。

「我想我該回去了，我太醉了。我今天話很多吧？眞抱歉。」

「噗。」

「怎麼了？」

「在來這裡之前，妳一直說『謝謝』，現在反倒改口說『抱歉』了。」

「是嗎，眞抱……」

她說到一半便摀住了自己的嘴，隨後鄭重向我鞠了一個躬。一下子對她有這麼深入的了解，我也感激地向她鞠躬回禮。

＊「全租房」是韓國特有租屋制度，房客一次性支付房東高額押金，租屋期間只付水、電等費用，租約到期後房東會歸還全額押金。

她堅決表示這攤要她請，我實在制止不了她。她付帳時我先走到外頭，初秋的冷空氣讓我瞬間醒了過來，感覺有些暢快。

回頭一看，發現她站在那看我。雖然有些遺憾，但現在該分開了。我說今天很開心，跟她說聲辛苦了之後，便用眼神示意我要離開。而她沒有說話也沒有動作，只是用眼神回應我。我不太明白她的意思，她有些羞澀地開口：

「已經凌晨兩點了，你不能送我一下嗎？」

「哦，好啊。」

「回家時會經過的那條巷子有點陰暗……」

「好，我們走吧。」

「我不會邀你上來吃泡麵的。」

「什麼？」

「沒事啦，哈。」

那時，我不知道那句話是什麼意思。因爲我沒看過《春逝》，也不太熟悉時下流行的用語。＊

那天，我送她到鷹岩洞巷子裡某棟洋房的鐵製大門前。這樣走在一起就像在約會，心情有些奇妙，但送她進門後，反而感到安心。我很久沒有對一個人感到心動了，很不熟悉這種感覺，因此跟她相處時一直很拘謹。

我是人們口中常說的「母胎單身」，一直沒交過女友。我天生膽小，而且優柔寡斷無法果斷做決定，自然不可能主動提議要跟誰交往。朋友都費盡心思幫我安排聯誼，但就算赴了約，我也弄不清楚自己喜不喜歡對方，甚至不曉得該不該繼續聯絡。煩惱到最後，我經常直接錯過交往的最佳時機。就算在公司有喜歡的女同事，也擔心可能在工作上造成困擾，不敢輕舉妄動，只能眼睜睜地看著對方跟其他男性交往或辭職。或許是因爲這樣，即便那天跟她聊天聊到深夜、分享能觸動彼此的事，我卻很難對這段關係抱持任何期待。

對我這個打從娘胎出生以來就一直單身的傢伙來說，跟她交往幾乎是難如登天。但我之所以能跟她交往，是因爲沒過多久她就主動出擊。

我抱在懷裡的骨灰罈，就像是一顆魔女的水晶球，將過去帶到我面前，讓我想起與她共度的過往。如果她沒有鼓起勇氣提議要交往，那現在會怎麼樣呢？我就不可能擁有

＊韓國電影《春逝》中男主角邀約女主角到家裡吃泡麵，吃完泡麵就發生關係，因此「吃泡麵」成了「要不要在我家過夜」的暗示。

人生的第一段戀情、第一個女朋友。但我覺得，我其實不能說自己擁有過這些。我沒有勇氣能陪她到永遠，因此我不能說我擁有過她，而接獲她的訃聞之後，我更是再也無法擁有她了。即便像現在這樣抱著「她」，我依然不算擁有她。

我嘆了口氣，表示對自己的失望。我就像放下肩上的重擔，將骨灰罈放在腳下。追思公園的停車場不知不覺變得昏暗，那傢伙依然沒有要出來的意思。正式展開作戰計畫之前，我跟他交換了電話號碼。一小時前我傳訊息給他，說我已經拿到骨灰罈，正在車子這裡等。他其實只要簡單收個尾就可以出來，但現在看起來似乎是眞的喝開了。

就在這時，他在一名管理員護送之下來到停車場。一路上還不停跟管理員抱怨……那傢伙根本是爛醉狀態。我怕管理員會看到我，便趕緊躲到椅子下面。

那傢伙跟管理員深深鞠了個躬，隨後便打電話叫代理駕駛，一邊撥電話還一邊對管理員揮手。等管理員消失在視線範圍內，他便立刻掛上電話，走過來把車門打開。

他一上車，看了我放在腳下的骨灰罈後，便立刻啓動引擎。我提醒他不能酒駕，他說他只是假裝喝醉，隨後便踩足油門離開停車場。

一開上國道，那傢伙便立刻開始狂飆。他不斷加速，連腳踏墊上的骨灰罈都開始晃動。我大喊：

「減速！」

但即便我大喊，那傢伙也只是笑笑，絲毫沒有減速。
「等下要是被警察抓了怎麼辦？」
「你眞的很膽小耶。這種鄉下地方，怕什麼警察啦……」
「對，我很膽小。不管怎樣，小心點還是比較好。萬一出了什麼意外，受傷的會是我們耶。」
那傢伙看了一眼放在我腳旁的骨灰罈，隨後點點頭放慢速度。
我把腳下的骨灰罈抱了起來，不知爲何，總覺得似乎比剛才更重了一些。那份重量令我想起了一些事。該怎麼辦？現在該把她帶去哪？這傢伙有想過嗎？
「話說回來，我們要去哪？」我問。
「首爾。幹麼？還要在舟坪鎭讓你下車嗎？」
「我的意思是說，這個要怎麼辦？」
那傢伙來回看著我跟我懷裡的骨灰罈，隨後將車子停在路肩。
「總之是先把她救出來了……但我沒想到接下來要怎麼處理。」
處理？這傢伙的態度實在令我惱火。把她救出來，讓我的腎上腺素跟著飆升，產生了之前沒有的勇氣。
「什麼處理？你講話小心一點。」

「抱歉，那你覺得該怎麼辦才好？」

被這麼一問，我一時之間也不知該怎麼回。

「回首爾的路上想想看吧。」

我不希望她被搶走，這想都不用想。

「讓我帶走吧，先放在我這邊。」

我話都還沒說完，那傢伙便發出令人噁心的笑聲並瞥了我一眼，看來他似乎也不打算放棄。於是我又問他要怎麼辦，他想了想，露出一個滿意的笑容，轉頭對我說：

「一半一半，怎麼樣？」

他一副自滿的樣子，像個在課堂上說出正確答案的學生，而我則無法克制地大吼：

「你在開玩笑嗎？這又不是在吃炸雞！」

那傢伙似乎不明白這個提議哪裡有問題，只是不解地看著我。

「為什麼不行？《聖經》不是也有寫嗎？是所羅門王吧？兩個女人在搶孩子，他不是要母親把孩子切成一半嗎？」

「我真的是……那個故事的重點，就是最後沒有把孩子切一半啊！把孩子切一半，那孩子不就死了嗎？對吧？」

「所以咧？」

「所以不同意把孩子切一半的人，才是眞正的母親，懂嗎？」

「……」

「所以說啊，你覺得把骨灰分一半像話嗎？」

我無奈地看著他，他反倒有些不耐煩地將他那頭茂密的頭髮往後撥。

「不是啊，到底爲什麼不行……這又不是小孩，分一半會死什麼的？會嗎？你眞的很不知變通耶。」

我實在氣到說不出話，只能把骨灰罈放到腳踏墊上，重重嘆了口氣。那傢伙似乎也很氣，只見他用力敲了一下方向盤，接著轉頭問我：

「喂，老哥，那你是所羅門王故事裡那個眞正的媽媽嗎？只有你是眞心愛在妍？」

我啞口無言地瞪著他，他也對著我怒目橫眉，一副下一刻就要掄起拳頭揍我的樣子。

雖然我瞬間感到恐懼，但還是努力維持平常心。不能這樣下去，要是我們打起來，我可贏不了這個像猩猩的傢伙。我得換個策略，於是開門走下車，他也跟著下了車。

我點了根菸叼在嘴上，看著眼前已經被黑夜籠罩的田地。那傢伙大搖大擺走到我身旁，我遞了根菸給他，他只是搖搖頭，並接續剛才的話題。他瞪大眼睛，要求我說服他爲何骨灰不能一人一半。我已經無路可退，只能勇敢迎上他的視線。

「人死了就能分成一半嗎……你認爲在妍已經死了嗎？」

「死了啊。」

「那爲何要特地把已經死掉的在妍從那裡帶出來？」

「那是因爲……那裡太破爛了啊，離首爾也很遠。」

「她已經死了，在哪裡有差嗎？嗯？」

「喂，靠，這、這是沒錯啦……可是她就算死了，也依然活在我心裡啊。」

「那怎麼辦……她也還活在我心裡啊，所以我們才會一起把在妍從那裡帶出來，不是嗎？」

「……」

「我說啊，我們今天會搞這齣戲，就是因爲在妍都還活在我們心裡，你認同吧？」

「……」

「她沒有死，她在我們心裡沒有死，所以必須保她完整，不可以分成一半。」

「……幹……」

果然，動口不動手才是對的。那傢伙搖搖頭，稍稍遠離我，拉開褲子拉鍊在田地上撒尿。我捻熄香菸上車，他回到車上後說：

「就先這樣吧。你餓了吧？我們去鎮上吃點東西，然後再一決勝負吧。」

要讓他理解這整件事，比訓練大象還困難，費了這麼多力氣，哪可能不餓？我點點頭，他立刻踩油門加速。

我們在國道跟小鎮交接處的餐廳，吃了血腸湯配生菜包肉，過程中完全沒有交談。一方面是因爲我太餓了，另一方面則是因爲我意識到，這問題無法立刻解決。就這樣在沉默中吃著血腸湯配生菜包肉，我覺得口有點渴。但我們也不是能夠一起喝酒的關係，所以我只好繼續咀嚼嘴裡的肉和血腸。

吃完飯後，那傢伙一直看手機。我注意到他似乎想要手段，便開始思考應對方案。雖沒有想到什麼好招式，但也不甘願提議把骨灰罈送回去，當然更無法親口問在妍想要去哪裡。

那傢伙先吃完，便起身往櫃檯走去。他是想連我的份一起付嗎？當初加點生菜包肉的人是他，所以我想他應該是要請客。我自然是感激不盡，只可惜事情跟我想的不同。他拿起放在櫃檯的牙籤，隨後往門旁的自動咖啡機走去。想來也是，這傢伙就是塊頭大了點，但心眼其實很小。

他也順道替我弄了一杯咖啡，並端著咖啡回到座位。接著像是突然靈光一閃，說他住在盆唐，家附近有一個相當豪華的追思公園，應該要把在妍的骨灰罈拿去放在那。看看他，剛剛就是在用手機查這些東西啊？

他還補上一句，說在妍曾說過想住在盆唐。騙誰啊？在妍搬離江南的家之後，根本就不想過橋到漢江以南。我說絕對不行，他便反問說那要怎麼辦。

「我們把在妍帶出來是爲什麼？」

「是因爲那裡環境很糟糕啊，絕對不能把在妍放在那裡。」

「那就應該把她送去好地方。」

「所以好地方到底是哪裡？」

「對在妍來說最好的地方，就是在妍想去的地方，對吧？」

「對，沒錯，你說的都對。就當作不是盆唐好了，那我們要怎麼知道在妍想去哪裡？難道是要問她的骨灰嗎？是嗎？」

我一下也不知該怎麼回應。他不耐煩地嘟囔著，起身往廁所走去。眞是尷尬。無論如何，事情取決於開車的人，如果他不管三七二十一把車開去盆唐，那我也只能想辦法阻止他。

我有些焦慮地轉頭想看看時鐘，目光卻被電視螢幕吸引。畫面上是一片面海的梯田，一對話有點多的男女記者，正以梯田爲背景，一邊喝著應該是村裡老奶奶給他們的馬格利酒，一邊拚命讚嘆。

「照顧梯田非常辛苦，所以馬格利也一定要釀得比一般的更好喝。」

我想起聽完奶奶的介紹之後，點點頭大口喝下馬格利的在妍。那天，我們也是坐在一位奶奶家門口的涼床上。身爲馬格利達人的老奶奶說，她就快要死了，但女兒跟媳婦都不想學習製作馬格利的技術，眞的非常可惜。

「那不然我來學吧？您要不要教我？」

在妍立刻接話。奶奶笑著說想把她當最小的媳婦來教，只可惜她已經沒有兒子能娶在妍，不知道該怎麼辦才好。在妍裝出有些生氣的樣子，半撒嬌地說：「原來只能傳授給家人。」而奶奶則起身往廚房走去，說她要拿剛醃好的醬菜給在妍吃。

我記得在等待奶奶拿醬菜的空檔，跟在妍一起坐在床上的我定定看著她那陽光般的笑容。那是我們的第一次旅行，是永生難忘的南海之旅……就是這個。

那傢伙從廁所回來，一屁股坐回椅子上，像個在偵訊嫌疑犯的刑警一樣盯著我。

「老哥，現在要怎麼辦？」

「我們去南海吧。」

「南海？南海哪裡？」

「南海，島上，你不知道嗎？」

「南海上有一大堆島耶，你不要這樣隨便亂講，可以說得明確一點嗎？」

就連那些學生時期不太會讀書的人，都至少會背一些地理知識，但這傢伙看來是連地圖都沒好好看過。我覺得有些無奈，只能拿出手機搜尋南海地圖給他看。

「這座島，在妍很喜歡這裡。」

「哈，我怎麼可能相信你這種話？」

「那我又要怎麼相信在妍說她想住盆唐的事？」

我們兩個一沉默，老闆便上前來說他就要打烊了。看了看時鐘，已經過了晚上九點。

我慢慢穿鞋子拖時間，那傢伙便主動去結帳了。我原本還在想，他本來就應該請這頓飯，沒想到我們走出餐廳後，他便用下巴朝對面閃著霓虹燈的汽車旅館比了比。

「這頓飯我請，住宿費就該你出了。」

見我一臉覺得這有些荒唐的神情，他補上一句：

「要北上或南下都還沒決定，我們是能去哪？去那邊把事情解決了吧。」

所以那天晚上，我就在京畿道南部，和前女友的前男友一起來到汽車旅館，配著冰水面對面展開一場終局討論。我們把她的骨灰罈放在中間，展開超過兩小時的攻防，但雙方意見的差距卻絲毫沒有縮短。

要「盆唐」還是要「南海」的問題，很快發展成是要「繼續放在骨灰罈裡」，還是要「撒在大海裡」，最後擴大成為「在把她的骨灰罈拿出來這件事上誰的功勞比較大」。

兩條沒有交集的平行線不斷延續，最後他點了兩下頭並斜眼看著我。

「用拳頭解決應該就輕鬆多了，現在這樣用講的眞的很辛苦。我本來想說要像個民主社會的公民，用民主的方式解決，但我們只有兩個人，又不能用多數決，這……」

這傢伙一有機會就想凸顯自己的武力。其實剛才在車子裡，我確實是有點怕他。但相處了一段時間下來，發現這傢伙不過是插著安全閥的手榴彈。簡單來說，他很會說大話，但根本不會眞的出拳。他很脆弱、很膽小、很敏感、很神經質。我能感覺到，他的肌肉跟虛張聲勢都是在嚇唬人。

另一方面也是因為在我們剛開始交往的時候，我對這個前男友很是好奇，所以經常抓著在姸問東問西，因此對這傢伙有一定程度的了解。他是在姸曾經任職的健身中心的老闆，就是個愛吹噓的傢伙。後來健身中心倒了，他生活上也遇到一些困難。凡是戰爭都包含情報戰。身為情敵，我手中握有的情報比他多很多，處境要有利多了。我鼓勵自己，不需要害怕。

「用拳頭解決我當然是好。你也看到了，我很弱，被你揍一拳少說要四週才能痊癒。但我先講清楚了，和解的時候我會用這東西當條件。」

我把手放在骨灰罈上說。

那傢伙嘆了口氣，渾身的肌肉彷彿都在訴說他的不耐煩。他表現出一副好像在包容我的樣子，其實只是證明了他沒有打我的勇氣。

她的骨灰罈就在我們兩個中間，像辯論會主持人一樣維持著中立。她沒有發表任何意見，始終保持沉默，那是她此刻的狀態。看著她這個樣子，我心裡時時刻刻都在吹著冷風。在她面前，我們這是在做什麼啊？抬頭一看，發現那傢伙的表情跟我一樣。我跟他都累了，爭辯了這麼久，現在就看誰能堅持下去了。有別於我這個夜貓族，他從剛才開始就一直在打哈欠，不知何時還開始打起了瞌睡。我趁機發動攻擊。

「喂，現在是要怎樣？你要睡覺喔？」

我大喊一聲，順便推了一下他的肩膀。他從瞌睡中醒來，像河馬一樣打了個大大的哈欠，頂著惺忪睡眼望著我。我用眼神又問了他一次，他本想搖頭，卻不支倒在床上。

「不是說今天一定要討論出結果？」

「哈啊……我睏得要死……別吵了。」

「那就去南海喔。去在妍喜歡的海邊，把骨灰撒在那裡。」

「隨便啦，煩死了……」

他的聲音越來越小，不知不覺間打起呼來。贏了，我贏了。

我帶著興奮又輕鬆的心情，雙手捧著她的骨灰罈，輕輕把臉靠上去，把臉頰靠著骨灰罈的冰涼觸感當成接吻來品味。那傢伙的鼾聲就像哈雷機車的引擎隆隆作響，我只得將骨灰罈放回桌上，躺到對面的另一張雙人床上。我享受著眼前勝利的喜悅，感覺也漸漸睏了。得關燈才行……睡魔突然襲擊，我閉上眼動彈不得。跟那傢伙對峙時緊綳的神經鬆懈了下來，睡意瞬間將我吞噬。

刺眼的陽光下，我跟在妍走在南海的海灘上，那是她最喜歡的地方。悠閒的海邊，涼爽的秋風吹拂。避暑的遊客帶走了盛夏的炎熱，海浪不斷拍打著海岸，海天之間彷彿只剩下我們。

牽著我的手，領先一步走在前面的她轉過頭對我微笑。我配合她露出笑容，她的表情卻突然一變，接著甩開我的手往大海走去。我追在她身後，卻跌倒在沙灘上。她的身影消失在洶湧的海水中，刺眼的陽光照進我驚慌失措的眼裡。我開始陷入如泥沼般的流沙，我忍不住大喊：不行！

猛然睜眼，明亮的日光燈如刺眼的陽光照在我臉上。對了，我沒關燈就睡了。從那傢伙手裡守住她之後，我還來不及關燈就睡著了。看了看時鐘，現在是清晨五點。想著現在趕快關燈再睡一下的我，爬下床往開關所在的門口走去。但就在那一刻，我覺得哪裡怪怪的。

我瞬間清醒過來，轉頭一看，發現骨灰罈不見了！那傢伙也不見了!!居然有這種王八蛋！

我趕緊跑到窗邊，小腿卻不小心踢到桌子。我沒時間理會疼痛的小腿，只顧著開窗查看停車場。是那傢伙，那傢伙抱著骨灰罈，衝向停在汽車旅館停車場的那輛ＢＭＷ。我用要把房間給拆掉的氣勢開門，光著腳衝向停車場。

才來到汽車旅館的大門口，我就看到那傢伙站在停車場盡頭的ＢＭＷ前。他左手抱著骨灰罈，右手正往口袋裡掏車鑰匙。我光著腳拚命跑了過去。

「喂，你這混帳！給我站住！」

看到我衝上來，那傢伙嚇了一跳，趕緊從口袋裡把鑰匙掏出來，並按下鑰匙上的開門鍵。喀噠，門鎖一解開，他便立刻打開駕駛座的門，巨大的身軀坐進車內，該死。

我跑到上氣不接下氣，但就在我覺得來不及的時候，我聽到啪一聲，一個悶悶的撞擊聲傳來。同時，我也看到他半縮在車內動也不動。我覺得我有機會抓到他，便繼續衝過去。

來到他面前，我才知道他爲什麼動也不動了。

因爲我也瞬間愣在當場。

那傢伙急著上車，結果把骨灰罈掉在地上。

我們都愣住，同時看著車門下方那斷成三截，如肉塊上的油花般雪白的骨灰罈碎片。碎片上頭，在妍的一小堆骨灰如春雪般顯露在我們眼前。

我瞪著他，恨不得殺了他。他的視線在我和腳下的骨灰之間來回，嘴巴還試圖辯解。

「老哥，我……就是那個……」

「閉嘴，混帳東西!!」

我朝那傢伙衝過去，一小部分的骨灰隨之揚起。而他就像看到手榴彈掉進自家陣地裡，試圖捨命保護其他人的小隊長一樣，用身體護住了骨灰。

看著像烏龜一樣縮著身子保護骨灰的他，我心底升起一股恨意。我用盡所有的力氣朝他的背拚命揮拳。

「混帳東西，你竟敢一個人帶著在妍跑掉？不要臉的流氓傢伙……說什麼民主社會的公民？」

我像在打鼓似的拚命敲打他寬大的背。他原本動也不動只是挨打，最後才抬起頭來看我。

「冷靜點！骨灰都要飛走了！」

這句話讓我更生氣了。我朝他的臉揮了一拳，他則把頭轉了回去，背對著我繼續挨打。那背影乍看之下，就像把頭縮進龜殼裡的烏龜。他那麼壯，打他也是件很累的事。我打到累了，便癱坐在一旁。我喘著氣，一股無法守護她的自責感湧上心頭。不知不覺間，太陽升起。

「……老哥。」

他轉頭一看，一臉苦情地用下巴向我比劃。

「我們得把這個裝起來……來幫幫我吧。」

這傢伙雖然惹人厭，但我還是得振作點。我站起身來問他：

「要怎麼裝？」

「我後車廂裡有容器。」

既然無法立刻找一個新的骨灰罈，只好照他說的去開他的後車廂。一如預期，雜亂的後車廂裡擺了高爾夫球桿、高爾夫球鞋、雨傘、各種雜物，以及二十瓶一箱還未拆封的飲料。我轉頭看他，再次問他要怎麼辦。

「你有看到那個乳清蛋白粉吧？」

「什麼？」

「把乳清蛋白粉的罐子拿來吧。」

我又翻了翻後車廂，才發現原本以爲是飲料的東西，其實就是他口中的乳清蛋白粉。罐子胖嘟嘟的，幾乎跟五百毫升的罐裝啤酒一樣大。這麼大的容量，用來裝骨灰綽綽有餘。可居然是乳清蛋白粉……眞的可以嗎？眞的只能把她裝在這裡嗎？

那傢伙又催了我一次。我使勁把包覆乳清蛋白粉的塑膠膜拆開，單獨抽了一罐出來。抓住罐子的那一刻，手的觸感告訴我，那是個用強化塑膠製成的罐子。沒辦法了，就先裝在這，追究完那傢伙的責任，就把在妍帶去南海。

那傢伙蹲坐在骨灰旁，用自己的雙手遮擋，避免骨灰被風吹散。我走了過去，刻意在他面前把蓋子打開，將罐子裡的乳清蛋白粉倒出來，隨後彎下腰，雙手從他的手臂下方伸了進去，捧起一把她的骨灰。我用非常虔誠的心情，將散落在地的骨灰裝進空罐子裡。與此同時，那傢伙依然用自己的身子阻擋吹來的風，也擋住以爲我們有病的汽車旅館老闆，避免他看見我們在做什麼。

捧起裝著她的乳清蛋白粉罐坐上副駕駛座，那傢伙便立刻發動車子。爲了表達絕對不讓那傢伙再次把她搶走的堅定意志，我將乳清蛋白粉罐裝進我的背包裡，放在我前方的腳踏墊上。

導航一開，那傢伙便伸出手指並轉頭看著我。我叫他到「南海郡」底下搜尋「逍遙里」。只見他二話不說立刻搜尋，還沒等導航搜尋完路徑，他便將車子開出汽車旅館的停車場。剛才那一連串奪取並摔碎骨灰罈的事件過後，他有如消了風的氣球般萎靡。

事情暫告一段落，我們把車子停在汽車旅館的大門口，上樓收拾行李。那傢伙連連向我道歉，我則說他該道歉的對象不是我，而是在妍。這是一記重擊，他被狠狠擊中，只能失魂落魄地點頭。在我收拾衣服、整理行李時，那傢伙呆坐在床緣，發楞了好一會兒才開口：

「在妍啊，肯定是很討厭待在骨灰罈裡才會這樣。」

「什麼？」

「看來要像老哥你說的，把她撒進海裡才是對的。我們就這樣做吧。」

雖不知道他這番話是想美化自己的過錯、維護自己的面子，還是打從心底這樣認爲，但我還是點頭表示同意。我之所以沒多說什麼，或許是因爲終於能帶她去南海了。

稍早那場鬧劇，似乎讓我對自己有了信心。因爲打他而紅腫的拳頭，現在都還感覺有些辣燙。打娘胎出生以來，我從不曾打過人，但朝他下巴揮拳時的那陣快感，如今深深烙印在我心裡。我把她從那傢伙手上搶了回來，感覺自己像個男子漢的成就感瞬間席捲了我。我可是用拳頭贏過了那頭肌肉豬啊。（雖然也是有她的幫助，但我仍想這樣鼓勵自己。）感覺我甩在他身上的東西不是拳頭，而是內心的膽怯。

心情一下子輕鬆許多，我決定把這當成是一趟有司機開著BMW載我的南海行。我越來越睏，便決定將椅子往後放倒小睡一下，補足清晨那場騷動造成的睡眠不足。

手機的震動把我吵醒。看了看螢幕，是編輯二組的金組長。該死，雖然昨天有申請休假，我卻徹底忘了今天也得請假。

整天跟那傢伙瞎折騰，又只顧著要好好送在妍一程，我忘記要跟公司聯絡了。駕駛座上的那傢伙，現在正一邊開車一邊配著廣播。我按下按鍵關掉震動，現在可不能接電話，我需要一點藉口。

車子奔馳在大田統營高速公路上。我們開了多久？應該一個多小時了吧？是不是該去吃個飯了？昨天跟今天這樣一鬧，我覺得自己好像沒那麼討厭這傢伙了。

「看到休息站就進去吧，我們得吃點東西。」

「我本來就想著快餓死了，一直在等下個休息站出現。」

「你負責開車，眞是辛苦了。」

「辛苦什麼？別擔心啦！我可不會把我的百萬元交給別人。」

「百萬元？」

「BMW就是『百萬元』韓文拼音的縮寫啊，你不知道嗎？呵呵。」

一點都不好笑。

「B、M、W應該是分別代表Bus、Metro跟Work吧？」

但我還是回應了他的笑話。

「你覺得這好笑嗎？眞是的，呵呵。」

我居然在跟他爭誰的笑話比較好笑……跟這種人待在一起久了，我的格調也被拉低了。但感覺卻還不錯，我想我眞的沒那麼討厭他了。

這傢伙誇張地笑著，播到下一首歌的時候還把聲音開得更大。

「你知道這首歌嗎？在妍眞的超喜歡他們的。」

好像是偶像團體的歌。在妍不喜歡偶像團體，她愛的是獨立樂團。而且比起那些小有名氣的獨立樂團，她更喜歡挖掘較不受關注的音樂人。或許是覺得這些人跟她的處境很像，她喜歡的團總是名不見經傳。更誇張的是，她甚至會在這些團出人頭地之後，像拋棄劈腿渣男一樣再也不關注他們。結果這傢伙居然說在妍喜歡偶像？又在騙人了。

他開始跟著哼唱起副歌，來到饒舌的部分，更是不吝於展現他糟糕的發音和咬字。這更讓我不相信在妍會喜歡唱這首歌的偶像團體，就好像我無法接受他和在妍曾經的緣分一樣。在妍怎會跟這種單純無腦的肌肉男交往？這樣一個敏感又聰慧的女人，怎麼會選擇他？還是說在妍有我不知道的一面，恰好跟這傢伙一拍即合？那是我無從得知的事。無論交往多久、多深入，人都不可能完全了解另一個人。

跟著音樂哼唱的他看見休息站的指示牌，便開始發出怪叫，像在癡癡等著放飯的狗一樣開心。這傢伙眞的跟動物沒兩樣。反正今天之後，我就不會再跟他見面了，再忍忍吧。但如果我眞要維持耐心，那可能還需要替他拴上一條狗鍊。

來到休息站，我點了炸物烏龍麵，他點了炸豬排飯。高速公路休息站的食物不怎麼好吃，沒想到他卻瞬間吃完一整份炸豬排，還端著餐盤去加了白飯。我靜靜等他吃完續加的飯，然後才開口說：

「你到底叫什麼名字？」

他放下水杯，咂了咂舌，像是在說這種事何必問。

「老哥，你叫民眾，對吧？苦民眾＊這名字聽過一次就絕對不會忘記，呵呵。」

我有點慌張，但還是努力維持面無表情地追問：

「你怎麼會知道我的名字？」

「我會知道也很正常吧？老哥和我要是裝作不知道彼此的存在，那就絕對是在騙人了吧。」

＊這個名字在韓文亦指「煩惱中」，有主角很愛想東想西、個性猶豫不決的雙關之意。

說得沒錯，我也知道這傢伙用安迪姜這個名字經營健身房。

「對啊，所以我才會問你的名字啊。你的本名，不是英文名字。」

結果他伸出食指對我搖了兩下。

「Just call me Andy, okay? 在這個全球化時代，這種事情是基本常識吧？」

「呼，安迪……先生，那我現在可以提一個意見嗎？」

「No problem.」

「你要一直講英文嗎？」

「老哥，我看你人也還不壞，但就是很沒有幽默感。好啦，不講英文了，你快說吧。」

「我們現在正要去送在姸最後一程，爲了避免我們彼此尷尬，路上還是別聊到在姸的事吧。剛才你說在姸喜歡偶像歌手，這部分我就不跟你計較了。」

「隨便你。」

「還有，我們不是朋友，對吧？」

安迪笑了笑，摸了摸自己的臉頰，嘴巴開開合合了幾次，接著說：

「當然了，如果是朋友，肯定不會這樣拚命打我。打我的背就算了，但朝著臉揮拳就有點那個了。」

「打臉的事……我很抱歉。」

「算啦，反正你的拳頭很沒力，也不怎麼痛啦。」

那傢伙看著我笑了笑。

「還不是因爲你做了該打的事，我才會這樣打你。」

我帶著微微的怒氣追究責任。

「好啦，我承認是我的錯，你趕快把剩下的話講完吧。」

「我們只是一起去南海送在姸而已。到那邊好好送走她，然後就各走各的路。」

「你要自己回首爾？」

「我會自己看著辦，不用你擔心。」

那個自稱安迪的傢伙點點頭，隨後像是做出什麼決定似的拍了一下手。

「好，這樣很簡單，很好。既然你都這樣說了，那我也提個意見吧。」

見我點頭同意，安迪便露出一副使出隱藏絕招的神情。

「也沒什麼啦，就像是人要塡飽肚子才能上路一樣，車子也會因爲餓肚子哀哀叫。既然是苦民眾先生你提議要去南海，那就乾脆點，把這輛車子餵飽吧。」

媽的，我實在無法反駁，但BMW的油箱很大耶……似乎是看出了我的心思，那傢伙露出了狡猾的神情，這下子我可不能輸。

「油錢、過路費，還有到南海吃晚餐的錢都我出，你不用擔心。」

「擔心什麼，我只是想看看你的誠意夠不夠。來，走吧。」

很快的，我就知道要讓一輛油箱見底的BMW加滿油，究竟得花多少錢。導航告訴我們，再開兩個小時就會抵達目的地。回到高速公路上，安迪便開始加速。而我則在心中懊惱，早知道我得出油錢，當初就不說要自己回首爾了。這時手機響了，又是金組長。見我沒接，安迪便嘻嘻笑了兩聲，我正想發脾氣，結果那傢伙的電話也響了。他看了螢幕一眼，同樣沒接起來。這次換我笑了，甚至還壞心地決定刺激他一下。

「你健身房經營得還好嗎？」

「景氣這麼差，哪可能好啊？」

「之前你的健身房不是還有很多連鎖店嗎？」

「早就都沒了，所以我說啊，就是跟在妍分開之後，我的人生才會變成這樣。」

「……」

「要是在妍還在我身邊的話……」

「我們不是剛剛才決定，一路上不要聊在妍的事嗎？」

「好，抱歉。總之，健身房沒戲唱了。我的人生已經跌到谷底，現在正在找新的出路……你想知道嗎？」

「知道什麼？」

「你打開前面的置物箱。」

我打開副駕駛座前的置物箱，發現裡面放著一個裝有事業報告書的文件夾。

上頭寫著「ＫＴＶ？ＭＴＶ？現在是騎馬場的時代！」這樣一句文案，標題那個「騎馬時代」甚至還有無法忽視的誇張錯字。怎麼不好好校對一下？我一邊想一邊翻了幾頁，那傢伙開始在一旁補充解釋，說這個事業結合了室內虛擬實境高爾夫和騎馬的優點，單就運動效果來說可是遠勝虛擬高爾夫，流行度也肯定能贏過不分男女老少都愛的ＫＴＶ。

「很不錯嘛。」

我禮貌性地回應，安迪卻迫不及待地接著說：

「有興趣的話要不要投資？就算只是一點小錢也沒關係，我可以特別多給你一些股份。」

這是怎樣……眞是鬼話連篇。我沒有回答，而是掏出口袋裡的手機，讓他看到螢幕上五通來自金組長的未接來電。

「公司現在正因爲我無故曠職而追殺我。都要丟工作了，還投資什麼啊？」

「哦，也就是說，你有可能會離職囉？那我就得問問合夥人了……哎呀，不管了啦，你手來。」

安迪對我伸出一隻手，我沒有反應。見我沒意願跟他擊掌，安迪便把手放到我肩上拍了兩下。

我一臉驚訝，他卻一副很理解我的樣子。

「我會想辦法說服合夥人，你就拿資遣費來投資吧，我會給你一個理事的職位。」

「你說什麼？」

「這樣既能投資，又有工作能做，對老哥你來說是一石二鳥啊。」

「不用了。」

「這案子真的很不錯……」

「不必。」

「你想想看嘛，我等你到明天。」

我氣得火冒三丈，決定不再回應，真想趕快從這笨蛋的車子上逃跑。

接近傍晚時分，我們才抵達南海。得趁著天色暗下來之前趕快送走她，我們才能離開這座島，也能結束與笨蛋安迪的同行。

不曉得他究竟有沒有察覺我的意圖，只見他開心地吹著口哨，將車開上南海大橋。

每一次開車過橋，我的心情總是很好，有一種越過關卡的感覺。現在就要去到她喜歡的地方，我在心裡暗自祈禱，希望這些讓人鬱悶的荒唐事能到此爲止。

南海

一越過南海大橋，我終於開始覺得這一切都是眞的了。

那時，我們並肩坐在高速巴士裡，牽著手望向波濤洶湧的大海。她興奮地往窗外看了好一會兒，才回過頭在我耳邊低聲說：

「好像公路電影。」

旅行與電影，是最能定義她的兩個詞。

她說她很喜歡跟另一半一起看電影。雖然她和劇本課的朋友合組了讀書會，也會一起去看電影，但很久沒跟另一半一起出去了，因此她非常開心。

我問她爲何沒跟前男友去，她一直等到我們坐進餐廳，在餐廳裡看菜單的時候，才回答說兩人對電影的喜好不同，能一起看的片子不多。此刻，對她的前男友有更實際的認識之後，我更能理解她那番話的涵義。

我跟她一起看了很多電影。熱門電影要看，藝術電影也要看，因爲這些都能幫助她創作電影劇本。

「開始寫電影劇本之後，我就沒辦法放鬆享受電影了。起初還能投入劇情，但會突然分析起角色、思考故事情節發展合不合理。但這也不完全是壞事，因爲那就像一趟輕鬆的出差行程，有種一邊旅行一邊工作的感覺。」

對她來說看電影是在出差，旅行就是旅行，是一種純粹的快樂。交往之後，我們會在城市裡漫步約會，會進到電影院裡，一起在黑暗中體驗如夢一般的經歷，接著便回到她的租屋處一起做點東西來吃、分享對彼此的愛，然後一起迎接早晨。那是交往還不到一個月時的事。現在我們剩下的就只有旅行了，我想陪伴她體驗那樣純粹的快樂。

第一次跟在妍一起去旅行，目的地就是南海。

她喜歡能同時看到山與海的地方。她說她曾經爬上雪嶽山，越過彌矢嶺後下山到束草住一晚，也曾經在去江華島的半路上跑去登其他小山。她告訴我，她喜歡能同時接觸到山與海的地方。那成了一個提示，讓我提議一起去南海旅行。

當時我們正在用通訊軟體討論第一次旅行要去哪，我寫下「南海錦山」後送了出去。而她回說：

——那首詩很棒。

——是說李晟馥的〈南海錦山〉吧？

——這詩人的名字我好像聽過。

——詩名裡面同時有山與海，所以我就想妳可能會喜歡。^^

——我說自己是作家，結果卻沒聽過這首詩……

——但妳是劇作家啊，不太需要讀詩。我是國文系畢業的，知道很正常。

——感謝你這樣說，但是沒有安慰到我，哼。

——之後再找機會去讀就好啦。

——好，你要是有那本詩集就借我，這次旅行可以讀。

——這算是答應要去南海了嗎？

——嗯，我可以把自己埋在石頭裡面。

——那我就把自己泡在海水裡吧。

雖然提議目的地的人是我，但規畫南海之旅路線和行程的人卻是在妍。她像要去尋寶一樣，一一確認哪裡有什麼、哪個地方有什麼優點，哪裡又有什麼好吃的。到了旅行當天，她把畫在A4紙上的南海地圖拿給我看。旅行路線和主要停靠點都用不同顏色的簽字筆標示，我驚嘆不已。
「感覺好像尋寶圖。」
「對啊，南海對我們來說就是藏有寶藏的島。」
「有種眞的要去冒險的感覺。」
我們都笑了。在南下的高速巴士裡，她開始讀起我借她的詩集。她坐在我身旁，在心裡朗讀每一個字，而我則是一再細看她的藏寶圖。
那天有些特別。旅程開頭感受到的興奮與悸動，很快轉變成平靜和緩的情緒。抵達南海之前，在妍都專注讀著那本詩集，像在細細品味一碗煮得恰到好處的白飯。
現在回想起來，南海之旅是我們第一次，也是最棒的一次旅行。後來每一個季節，我們都會一起去能同時接觸山與海的地方，卻無法像第一次旅行那樣獲得滿足的喜悅。是因爲我們的關係逐漸冷卻嗎？似乎不單純是因爲這樣。
當時我一直在想，遲早要跟在妍再來南海一次，沒想到卻是以這樣的方式。
來到島上，車子沿著海岸公路行駛。我看著窗外，與當時恰成反比的心情一點一滴將我吞噬。最後，我和她又一起來到這裡，只是這次是爲了送她離開，跟個奇怪的傢伙一起，在意想不到的情況下踏上這片土地。事情究竟是從哪裡開始出了錯？
我不知爲何開始在心裡連連向她道歉，就像在告解。從生前沒能再跟她一起來這裡，到沒能遵守要一起幸福的約定，還有完全不曉得她生病，當她在痛苦中逐漸死去的時候，我卻渾然不覺地過著自己的生活。

在海岸公路另一側開展的藍色大海，有如她那雙悲傷滿溢的眼睛。我永遠無法忘記她那雙悲傷的眼。我曾經想忽視的悲傷眼神，彷彿與這片大海相連，隱隱刺痛著我的心。與此同時，我也不願讓安迪看見自己這副德性，只能努力裝作若無其事。我不斷祈求，希望車子快點開到逍遙海岸。

車子開在海岸公路上，安迪連連驚嘆。「哇，這真的很迷人。」「根本不需要去東南亞看海。」「快看看那海灘有多乾淨，快看那邊。」但我一點反應也沒有。

蠢蛋，我們是來觀光的嗎？現在可是要送她離開的時候啊，應該要表現出一點追思的態度吧？臭小子。我在心裡嘀咕。每次說這種話的時候，我會感覺自己像是在妍的誰。不過，既然這是我跟在妍相處的最後時光，我決定不去理會安迪這個人。就在這時，他大喊：

「是這裡嗎？哇，超讚的！難怪在妍會喜歡。」

我不該有情緒反應，他卻逼得我無法不去理他。如他所說，開闊的視野裡，能看見不遠處的逍遙海岸。只要再一個左轉，就能抵達那有如純樸小漁港的海岸。

我們很快轉彎，來到海岸邊。

眼前卻是一片瘡痍。

逍遙海岸不在那。

至少，在我記憶中，曾經與她同遊的那片逍遙海岸消失了。那應該是一片以海松爲防風林，經由一條鋪滿白沙的小徑穿越樹林之後，便能看到白沙與天藍色海水的沙灘。如守護神一般矗立在海邊的，應該只有一座紅色的燈塔，而在那之後是分不清界線的天空與海洋綿延。一望無際的沙灘上，還有一些小小的商店與民宅，除此之外別無其他。那應該是一片平靜，偶爾有居民和小狗走過的沙灘。但那景象已經不見了。

兩棟正方形公寓式飯店被防風林環繞，彷彿想強調這裡就是觀光景點，外牆油漆選擇了繽紛的黃色和粉紅色，徹底破壞四周景觀的和諧。飯店周遭更是有生魚片、釣魚與海浴相關商店進駐，讓這裡成了隨處可見的尋常避暑景點。再加上現在正值旅遊旺季，這片海岸有如人聲鼎沸的漢江戶外游泳池，到處都是人群。

以爲這裡依然是當年與在妍同遊的秋日海灘，完全是我自己的錯覺。我沒想到不過三年的時間，這個區域竟被這樣毫不留情地開發。但仔細想想，在這個追求建設開發的共和國，人們自然不可能放過這樣的景點。我與在妍回憶中那樣寶貴的體驗，被怪手無情刨挖、被五彩斑斕的公寓式飯店所覆蓋。

我悵然若失地看著海岸時，安迪走了過來。

「讚耶，這海灘看起來很悠閒，還有公寓式飯店，長灘島根本就不能比。」

「……」

「要把骨灰撒在哪？燈塔那邊如何？如果可以爬到燈塔上面就最好不過……」

「……」

「老哥，你說句話啊，我們得趕快撒一撒趕快回首爾。」

「不能撒在這。」

「什麼？說要來這裡的不是你嗎？是你說在妍喜歡這裡的耶，不是嗎？」

「這裡跟三年前太不一樣了，這不是在妍曾經喜歡的那片海。」

「奇怪，海就是海啊，有哪裡不一樣啦？拜託。」

安迪把臉湊上來抱怨，我能感覺到他吐出的氣息。我拿出菸抽了起來，他看著氣惱的我瞪大了眼睛。

「你到底哪裡不滿意？海灘哪裡不一樣了？難道是被輻射汙染了嗎？是福島的問題嗎？還是因爲人太多了？那乾脆就搭船出去海上撒嘛！」

我將菸蒂丟到地上踩熄，直直看著他說：

「你把手按在心上想一想，如果是你認識的在妍，會喜歡這種地方嗎？她會喜歡這樣人聲鼎沸的吵雜觀光景點嗎？」

安迪看了看海灘上如置身水上樂園一般喧囂的人群，隨後吸了吸鼻子。

「她是不喜歡人多的地方啦。」

「而且這片海也跟三年前完全不一樣了。你是要隨便把在妍撒在這種地方嗎？是爲了這樣才把她帶來這裡嗎？」

我激動地大聲了起來，人們紛紛看向我們兩個。我環顧四周，安迪用眼神問我到底是想怎樣，但我實在無話可說。

我覺得自己既尷尬又狼狽，想也不想就往燈塔走去。我感覺安迪跟在後頭，但我只是一個勁地往前走。一旁那徹底變了樣的海灘，眞是醜得令人髮指。

我轉頭看另一個方向，半山腰長滿蒼鬱的森林，頂上滿布岩石的景山矗立在遠方。唯一沒變的就是那座山。我曾經跟她一起攀登那座山，要不把她帶到那座山上去吧？不，不能眞的把她埋在石頭之間，我也不可能闖入那些岩石之間。那究竟該怎麼做才行？我沒有答案，只能繼續朝燈塔走去。

爲了甩開身後的安迪，我逐漸加快步伐，感覺汗如雨下。這樣一股狼狽感加上炎熱的高溫，彷彿讓我的血液沸騰了起來。好鬱悶，我們的回憶變得如此破碎令我鬱悶，無法好好送她一程則讓我傷心。爲何這世界對她如此不寬容？就連死去之後，這世界也不願意給她一個安息的機會，爲何如此殘忍？

我心中的自責感洶湧澎湃，令我極度想甩開一切。我跑了起來，但濕黏的熱氣卻令我暈頭轉向，我一個踉蹌向前栽了下去。我的膝蓋似乎磨破了皮，一陣熱燙的刺痛感自下方傳來，撐著水泥地面的手掌傳來刺鼻的血腥味。我嘴裡竄出痛苦的呻吟，跌倒在地，痛苦地蜷縮起身子。雖然想哭，卻一滴眼淚也流不出來。眞希望能這樣掉進海裡離開這個世界，卻又想到我還沒好好送她一程，現在還不能死。就算要一起死，也不該死在這片海。眞是的，啊啊啊啊！

我帶著這樣茫然的心情躺在地上大喊，我能感覺安迪用可悲的眼神看著我。但越是這樣我就越煩躁，只能躺在地上，雙腿朝天空亂踢，雙手則不停搥打著地面。我躺在地上不停耍賴掙扎，安迪則雙手抱胸，站在一旁默默看著我。我能從他的眼神中感覺到，他覺得我既可憐又可悲。

我掙扎到累了，整個人癱倒在地上。安迪雙手穿過我的腋下，一把將我拉了起來。我沒有力氣抵抗，只能在他的攙扶之下離開現場。

我被安迪攙扶著回到車子的副駕駛座，有好一段時間連動的力氣也沒有。我一片茫然，在腦海中不斷質問自己：該去哪好？該去哪才行？能不能有誰來告訴我？

她已經不可能告訴我了。我有種被報復的感覺。在一起的時候我沒能好好聽她說話，一想到這件事我就心如刀割。爲了壓抑這份痛苦，我整個人蜷縮了起來。

這時，我看到放在副駕駛座下方的背包。剛好安迪也不在車上！我趕緊拿起腳下的背包並打開拉鍊，幸好那個用來裝在妍骨灰的罐子還在裡頭。

背包與罐子沾到我手上的血，這時我才看了看自己的手掌，發現簡直就像是戴了一雙紅手套，牛仔褲左膝處也磨破了。

手碰到的地方都沾到了血，正當我有些不知所措時，安迪打開車門坐到駕駛座。他拿了濕紙巾給我，我接過來擦了擦沾血的手掌。等我差不多將血漬擦乾淨，安迪才拿了軟膏跟OK繃給我，接著發動車子。

他去了海邊的商店一趟，幫我買了一些能處理傷口的東西，但我卻懷疑他，我不禁有些難爲情。他沒有擺臉色給我看，而是開著車載我離開這片海灘。

我就像闖了禍、受了傷後來到保健室的學生，靜靜處理手上的傷口。車子經由三千浦大橋離開這座島，我們來到位在沙川浦口的一間生魚片店。

安迪從剛剛開始便一直展現相當成熟的一面。只見他走在前頭，一屁股坐到陽傘下的桌邊，跟店家點了燒酒和生魚片。而腦海一片空白的我，只能靜靜跟在他身後。

他吃著開胃小菜生黃瓜，並替我倒了滿滿一杯燒酒。面前那一杯有如處方特效藥的燒酒，酒精味瞬間撲鼻而來。時間還不到傍晚，這樣喝下去我可能會直接醉倒，於是我雖然接過酒杯，卻只是把杯子放在面前。安迪先乾了一杯，然後才看著我。

「我知道你心情不好，但這一杯喝下去就忘了吧。」

安迪又替自己倒了一杯，並邀我跟他乾杯。要是乾了這一杯，我的今天可能就到此結束了。可不知爲何，我相信安迪並不會趁機帶著骨灰一個人跑掉。是因爲剛才他去幫我買藥的關係嗎？還是因爲我們兩個今天都做了蠢事，才會產生這股同志情誼？

「這世上哪有什麼是永遠不變的？永遠不變的就是回憶嗎？事物都會消失、都會改變啦。來，喝下去，忘了吧。」

沒錯，事物都會消失、都會改變。

這是這趟旅程之中，我頭一次如此贊同安迪說的話。我拿起酒杯，跟他的杯子碰了碰。乾杯。微苦的液體順著食道進入身體，濕潤了我的腸胃。我很快乾了第二杯，感覺眞好。頭腦清醒了許多，也更能聽清楚安迪說了什麼。他正有條有理地說著他的想法。而我跟他之間的塑膠椅上，那個乳清蛋白粉罐則代替在姸坐在那裡。

我用貼滿ＯＫ繃的手拿起杯子一口氣乾了。幾杯黃湯下肚，我的話自然多了起來，他也像是理解我的心情一樣，靜靜吃著生魚片聽我說。我開始講起過去的逍遙海岸有多美，努力描述曾經與她共賞的風景。熱氣與醉意使我的舌頭越來越遲鈍，幸虧安迪頻頻點頭表示他聽得懂。我每喝完一杯，他也會立即爲我補上。在他的好意之下，我更放肆地聊起過去曾經的旅行，那傢伙則是一直瞪大了眼睛專心聽我說。

仔細想想，說要避免談論在妍的人是我。我嘴上說著不該這樣，然而午後港口的陽光與悶酒，彷彿將我的精神與肉體分離，可我卻希望自己能繼續維持這樣靈肉分離的狀態，這讓我對自己產生了極度的厭惡。安迪就像個照顧病人的看護，接受了我的所有行徑。

不知不覺，晚霞染紅了南海。安迪呆望著火紅天空與海水的交界，嘆了口氣，仰頭將杯中的酒一飲而盡。這樣的他看起來竟有些帥氣。沒想到我跟過去的情敵一起喝了幾杯，居然就開始覺得他帥氣了，實在荒唐到了極點。即便如此，身材精壯的他靠在桌邊欣賞夕陽的模樣，仍讓我感覺非常可靠。只有身高可取，身材無比乾癟的我，不可能散發那樣充滿男子氣概的風采。我想只要是女人，應該都會對他產生好感。雖然這個疑問沒什麼意義，但我也開始思考在妍之所以會跟這種人交往，會不會就是因為這個緣故？他渾身散發男性魅力，看起來比我可靠多了。比起膽怯又優柔寡斷的我，女生或許更喜歡他那單純無知的個性。我突然感到自卑，卻連這樣的情緒都藉著醉意轉眼便排解掉。那一刻，我一直感到好奇卻始終沒能問出口的疑問，終於脫口而出。

「在妍究竟是哪裡讓你這麼喜歡？」

安迪轉頭看我，臉上的神情像是看見等待已久的菜終於上桌一樣，只是他似乎並不打算立刻開動。

「老哥，你今天眞的讓我很想喝酒。」

安迪乾了一杯，並在我爲他倒酒之前自己先倒滿了酒，隨後拿起杯子，像在端詳什麼高貴洋酒一樣看著杯中的燒酒。感覺他似乎在拖時間，於是我催促道：

「爲什麼像你這樣的人，不去喜歡身材高䠷豐滿的女人？像在姸這樣又瘦又小的女孩子，到底是哪裡吸引你，要讓你這樣下跪求她回心轉意？」

聽我說出下跪求她這幾個字，安迪便抬起頭來看我。他喝下手中那杯酒，臉上的神情像是在說他想通了什麼。

「人不是都會被自己無法擁有的東西吸引嗎？」

「沒錯。」

「在姸是我遇過最聰明的女人，而且……」

「而且？」

「是她讓我明白，原來一個聰明的人可以非常迷人。」

她聰明、固執、有強烈的自我主觀意識，最重要的是她非常了解自己。安迪居然看出了這一點，我感到有些訝異。他喝光杯中的酒，大力放下杯子。

「她只是乍看之下很瘦，但其實她做瑜伽很久了，核心肌群很有力。雖然個子矮，但比例很好。」

嗯……是嗎？

「而且你知道她皮膚有多嫩嗎？好啦，我想你應該知道。」

這我當然知道。這傢伙越說越多，我開始有點擔心自己是不是開啓了沒必要的話題。

「而且啊，在妍她從不說謊。以前跟我交往的女人，對，身材都高䠷豐滿，走在路上大家都會回頭多看幾眼，可是她們每一個都在背後算計我。我也是有了年紀之後才發現，比起那樣貪財的心機女，找個值得信賴的人更好。我想找一個直率、比我聰明且值得信賴的女人。」

見我點頭，那傢伙隨即伸手跟我討菸。我遞了根菸給他，替他點火。不知是不是很久沒抽菸了，只見他深吸一口，花了點時間品味，才慢慢吐出煙。

「總之，我跟那些心機女也都只是玩玩而已，我不是真的愛她們。只是玩一玩，時間到了就分手。可是在妍不一樣，她不一樣。我原本打算跟她結婚，她本來應該是我此生最後一個女人，你知道嗎？」

安迪眨了眨眼，瞪大了雙眼看著我。

「我不知道。」

「老哥，你以爲我是因爲劈腿才跟在妍分手的吧？那是在妍誤會了。我沒有劈腿，絕對沒有！如果在妍可以釐清這個誤會再離開，那我現在就不會感覺這麼委屈了，懂嗎？」

「是嗎？我不知道。」

「我眞沒想過自己會跟你聊這種事，好丟臉啊。總之我沒有劈腿，至少跟在妍交往的時候沒有。」

「好，我知道了。」

「無論能不能解開誤會，我依然傷害了她。事到如今，才來求一個已經過世的人原諒，這不是很可笑嗎？我們到底該怎麼辦才好？」

「該好好送她一程啊。」

「沒錯，無論如何都要好好送她一程。」

「但我不知道該怎麼做才能好好送她一程。」

我跟安迪的目光，自然而然地聚焦在那個乳清蛋白粉罐上。我們一句話也沒說，就這樣看著罐子裡頭的她。安迪喝光手中那杯酒，目光回到我身上。

「那老哥，你爲什麼會跟在妍分手？你也是被在妍甩掉的嗎？還是你做錯了什麼？你到底做了什麼傷害到她？」

他說這話的態度，彷彿是在說要是我給錯答案，就會當場痛打我一頓。然而我沒有足夠的能力用三言兩語說清分手的原因，所以我沒有回答，只是乾了酒，夾起一塊生魚片塞進嘴裡。

我的默不作聲似乎激怒了安迪，他怒氣沖沖地吃了塊生魚片，便起身往廁所走去。我點燃一根菸，看著黑夜籠罩的海面，對著漆黑的夜空吐出濃濃的白煙，試圖回憶我曾經犯下的錯誤。

突然，一個詞如閃電般闖入我的腦海。

不確定故意。

我明知道自己犯了錯，卻佯裝不知情。明知道事情往不好的方向發展，卻仍坐視不管。即便她給出了即將離開我的警告，我卻不把那當一回事。我給自己貼上選擇困難的標籤，硬逼她做出選擇。一貫裝出我什麼都不知道，但妳爲何要用那種口氣跟我說話的樣子。

安迪回來後，一把抓起我放在桌上的香菸。原本不菸不酒的他，像是在完成遲來的作業，開始大口喝酒、大口抽菸。我靜靜喝完杯中的酒，安迪則從鼻孔呼出剛才吸入肺中的白煙，接續未完的審訊。

「還有那個，在妍寫的那個，是你們出版社出的嗎？」

我搖頭。安迪則將菸摁熄在菸灰缸裡。

「你們爲什麼沒出？是不出還是不能出？在妍不是因爲這樣受傷了嗎？」

我迎上安迪質問的眼神，一句話也說不出來。充斥腦海的許多回憶令我頭痛難耐，我卻一句話也說不出來。

跟她交往之後，我的人生有了許多變化。她是我的第一個女友，對我來說每天都像在約會，可她卻始終被金錢與時間追趕。只要她取消約會，而我又聯絡不上她，小心眼的我就會生氣。年過三十才首次談戀愛的男人就是這麼急躁，又能怎麼辦呢？即便如此，她仍接受了這樣的我。如果我更成熟、更懂得忍耐，就不會那麼容易生氣了。

了解她，就會了解她的人生有多麼辛苦。透過在妍，我發現原來有人在採購的時候連公克數都錙銖必較，也明白到沒有勞健保是多麼辛苦的一件事。跟她交往之後，我才明白自由工作者最痛苦的就是收款，更明白了只靠寫作養活自己眞的很難。

從事出版社編輯這份工作，我要與作家和譯者共事，卻不曉得他們過得有多麼辛苦。我只是單純地想，寫作之餘，他們肯定也會接一些講座和其他的文稿委託。

更糟的是，在妍還只是一位沒沒無聞的作家，不可能有講座或文稿邀約。所以從大學就開始學瑜伽的她，去考了瑜伽師資的證照，靠著這份工作養活自己。沒有瑜伽課的時候，她會去做當下立刻能找到的打工。有一天，她語帶抱怨地說：

「爲了打工都沒時間寫作了。我是想用打工賺來的錢買時間，買寫作的時間。可是打工只能賺最低時薪，無法買到足夠用來寫作的時間。我想自由工作者並不是用自由的時間來賺錢，而是爲了購買自由的時間而賺錢。」

我安慰她，等小說發行大賣之後情況就會好轉。雖然我心裡很清楚出版市場的情況，也沒有天眞地以爲在沒有文學獎加持、書腰上無法寫出任何得獎紀錄的情況下，新人作家的小說眞的有辦法大賣，但當下我也只能這麼說。她似乎看穿了我的心思，每當我這樣安慰她時，她總會擺擺手。

「只要幫我出書就好，沒賣多少也沒關係。我只是希望大家可以讀到我的故事。」

也許是因爲已經花了很長的時間練習寫作，她對立刻成爲暢銷作家、賺大錢之類的事並沒有太大的期待。只是希望能靠著那本書，賺到寫下一本書的時間。

某種程度上，我很尊敬她這樣的態度。無論是工作還是人生態度，我都絕對追不上她。即便如此，我依然努力希望能幫上一點忙。約會的費用我會多出，也會去找更多好書和好電影給她。最重要的是，我以一位編輯的身分把她的小說做好並賣給讀者。我們在咖啡廳和酒館裡，一起討論小說的後半段故事走向該如何修改。她則照著我們商討的結果修改，並重新把改好的稿子寄給我。

我一再修改她有些粗糙的文句，甚至有點擔心我會不會插手太多。如果傷到她的自尊怎麼辦？但這樣修改之後，文章變得比較好讀、文句也比較美了，不是很好嗎？我放下擔憂，把編輯後的稿子寄給她。

她能理解我修改過後的文章，很感謝我，並再次強調直接這樣出版她也覺得很幸福。我以編輯的身分、以她愛人的身分提供給她的協助，就是讓她的書能夠成功出版。

我知道她很期待這件事。

可是公司代表和行銷卻推遲了出版時間。即便我大力反對，他們依然決定在夏季出版比較重要的作品，並把她的作品推遲到秋天。

聽到我說出版時間延後的消息，她難掩失望的神情，並追問我是不是今年內一定能出版。沒辦法讓她的作品盡快出版，實在有傷我的自尊，這也讓她反過來安慰我。她還說會用剩下的時間再修改一下故事，讓作品裡的寶石更加耀眼。她就是這樣的女人，比起自己更會先想到別人。她四處奔走，只為了讓自己的人生迎來最耀眼的時刻。

問題依然是錢。小說出版的時間推遲，她能收到的一丁點版稅也跟著延遲。為了維持生計，她開始去電視台當企劃。她透過劇作家讀書會認識的朋友介紹，進入一間外包公司，擔任構思綜合型綜藝節目的內容企劃助理。

她變得更忙了。雖然賺的錢比單純打工寫劇本時更多，但她經常需要加班，而且隨時都會被呼叫。有一次難得相約一起吃晚餐的時候，我安慰她說：

「妳現在是劇作家、小說家跟節目企劃三冠王了，三冠王！」

她夾著肉的手停在半空中，瞪了我一眼。

「我哪是什麼節目企劃。昨天光是接洽來賓就打了超過五十通電話，今天主企劃同事上班的時候，我還去她家裡幫她照顧小孩。我才不是什麼作家，根本只是個打雜的！」

她的表情非常黯淡，而我雖想轉換話題，卻下了更糟的一手棋。

「對了，妳不是說有拿劇本去投稿嗎？這次應該會拿到投資吧？」

「沒有，絕對不會。」

「爲什麼？我看新聞上常常會報，說有些劇本一直被拒絕，結果後來拿到投資就大賣啊。」

「新聞之所以會報，就是因爲那些事情很新奇。一旦被拒絕就沒戲唱了，孩子都死了，我何必再去管？」

她將用心烤好的鹽烤牛肉塞進嘴裡。

「那妳……」

「至少小說要出版，我才有辦法出去外面跟人家說我是作家啊，對吧？」她仰頭喝完整杯啤酒後說道。
「我眞是沒臉見妳。」
我用雙手恭敬地拿起酒瓶，往她的空杯裡倒酒。
「沒關係，我感覺自己現在就像是爲了領錢而去銀行抽號碼牌，我會放寬心去等。」
也許是心情沒那麼低落了，只見她神情輕鬆地舉起杯子。我們乾了杯。
那個時候，我還相信她的書能夠在那一年出版。她也是這樣相信，因此我決心不要讓公司再一次延後出版她的作品。
從結果來看，安迪說的話沒有錯。過了一年，她的作品還是沒出版，直到她變成這樣了，她的書依然沒出版。她只能以無名作家的身分結束一生。
「到底爲什麼不出？爲什麼原本說要出，後來又不幫她出？」
安迪繼續追根究柢。
「出書不是那麼容易的事。」
「你不是什麼組長的嗎？這點程度的事都不能決定嗎？」
「別說了，我也很努力了。」
安迪又一口把酒喝光，砰地一聲放下杯子。

「你眞的有努力嗎？你明知道那對在妍來說有多重要！要是書有出版，她也不會死的這麼不値得啊！不是嗎？」

「在妍會死不是因爲書。」

「什麼？」

「這跟書無關。在妍會死，是因爲她的甲狀腺和肺不好。」

「什麼？你這混帳！」

他氣得使勁推開桌子站起身來，桌上裝生魚片的盤子摔落在地。我退到被他推倒的桌子後面，安迪似乎是想用頭槌對付我，整顆頭往我這邊撞過來，同時還不斷質問：

「你要用這麼爛的藉口來辯解嗎？」

我無言地看著安迪，而他揪住我的領子不停搖晃我。我宛如隨風搖擺的稻草人，任他大力搖晃。

「你該不會是因爲跟在妍分手，所以才不幫她出書吧？」

我眞是氣到說不出話來。我用布滿血絲的眼睛瞪著他。

「沒錯，就是這樣，你這混蛋就是生在妍的氣，才會用這種方式洩憤吧？」

我用盡全身的力氣撥開他的手並把他推開。他失去重心摔倒在地，但還是立刻站起身來，鄙夷地看著我。

「好，要打一架是吧？」

「是在妍說不要出的。」

「什麼？」

「是在妍不讓我們出版的。」

他看著我，似乎無法理解我說的話是什麼意思。

「書就要出版了，在妍卻說不能出，你懂嗎？」

「……」

「那份稿子不只是對在妍很重要，對我來說也很重要！我失去了那份稿子，也失去了在妍，就在兩年前！那件事之後又過了一年，在妍死了，而我收到別人用她手機傳來的訊息，要我去參加告別式！我有多茫然……你懂嗎？」

安迪呆看著我，隨後轉過身「啊啊啊」地高喊了幾聲。我坐回椅子上，抽出一根菸叼在嘴上點燃，深吸了一口。剛剛那樣一鬧，我還以為自己酒醒了，沒想到醉意瞬間湧現。安迪把桌子扶正，也跟著坐回椅子上。他看著我，臉上露出有些委屈，又對整件事感到好奇的神情。

「她爲什麼要這樣？眞的是……爲什麼？」

「我也不知道。」

我捻熄了菸。安迪淒涼地看著放在椅子上的乳清蛋白粉罐，接著突然跪在那個罐子前。他低下頭，開始拿自己的頭猛敲那張椅子的椅角。啪、啪、啪，像在拜佛、像在告解，安迪在她面前嗑起了頭，同時還發出野獸般的吼叫。

我不理會他，只是繼續喝酒。我知道這個夜晚若不喝醉，肯定無法入睡。

睜眼一看，發現我躺在民宿的地板上。幸好，乳清蛋白粉罐還擺在一旁。電風扇持續運作，但渾身的汗水讓我覺得自己彷彿剛從沼澤裡被人撈出來。身旁的安迪低聲打著呼，陽光透過門上的半透明窗戶照進室內。我頭痛欲裂，感覺膀胱就要炸開，於是起身彎著腰走到外頭。

來到院子裡一看，才知道這裡是我們昨天喝酒那間生魚片店的後院。在公共廁所小解完後，我來到水管邊，蹲在用來接冷水的盆子旁，將自己的頭泡進水裡。一股冰冷卻奇特的感受包覆我的頭，我就著那個姿勢睜眼，看見顛倒的民宿在我眼前。一切無比混亂，令人暈頭轉向。我就這樣把頭泡在盆子裡，思考接下來該如何是好。但我什麼想法也沒有，只好站起身。

安迪醒了，我們一起來到生魚片店，叫了碗魚骨湯來醒酒。安迪非常專注地吃，彷彿昨天什麼事都沒發生一樣。這時，我的電話響了，是金組長。雖然我依然不知道該如何解釋，但還是趁著酒沒完全醒時接起了電話。

「喂？」

一陣空白之後，一名有著菸嗓的女性開口說話。

「你瘋了嗎？」

「怎麼了？」

「代表明天就要回來了，你覺得我要不要跟他報告這件事？」

這麼說來，我都忘記老闆去參加東京書展了。看來我在她心中，似乎成了老闆一不在就偷懶的人。但我沒有退縮，反倒覺得是時候擺爛了。

「妳看著辦吧。」

「你現在求我一下，我就會睜一隻眼閉一隻眼。」

金組長語帶從容地挖苦我。換作是以前，我肯定會阻止她去跟老闆報告，但我輕輕一聲訕笑，已經不在乎事情如何發展。

「我跟妳說，我明天也有事，沒辦法去上班。」

電話那頭傳來一陣冷笑。

「苦組長，你心裡很難過吧？當初就不該那麼衝動嘛。這下代表要做決定就容易多了。」

「就這樣，我要掛電話了。」

「苦組長，你再這樣眞的會……」

我掛了電話。金組長是個愛嘮叨的女人，我經常想打斷她說話，卻因爲猶豫不決而總是得聽她嘮叨。電話又響了，我沒接，但我覺得很痛快。

我吃完飯後抽了根菸，注意到安迪裸著上半身走到院子裡。才剛吃飽飯，肚子還能維持平坦的狀態，眞不愧是有在練身體的人。他把腳抬起來撐在擺有醬缸的台子上，開始做伏地挺身。呼、呼、呼、呼，以固定的節奏上下推動身體的樣子，看起來輕盈無比。民宿的阿姨恰巧走了進來，對安迪健壯的上半身讚嘆一番，便往廚房走去。安迪絲毫沒有理會，很快完成了一百個伏地挺身。滿身是汗的他帶著一臉滿足的表情起身，朝水管方向走去的同時，還對我做了個手勢。我捻熄了菸走上前去，舀起水往趴在水管旁的安迪身上淋了下去。呃哈~啊啊~呼嗚~每淋一次水，他就會像海狗在唱歌一樣不停發出讚嘆聲。

「幫我抹一下肥皂吧。」

雖然很不想動手，但我還是替他的背抹上肥皂並搓出泡泡。實際碰過才知道，他背部的肌肉非常結實，像葉脈一樣從脊椎骨向外延伸。鍛鍊背部肌肉很辛苦的……這傢伙在健身方面確實很專業。最後，我還得一邊幫他沖水，一邊用手把泡泡洗掉。看在別人眼裡，肯定會覺得我們是對要好的朋友。聽到那傢伙跟我道謝之後，我才停下手上的動作，並將掛在曬衣繩上的毛巾拿下來扔給他。

他提議我也沖一下背，但我不理會，逕自轉身走回房裡。電風扇無力地轉著，乳清蛋白罐擺在房間的角落。我盤腿坐下，將那乳清蛋白罐拿了過來。黏膩的熱氣攀附在罐子上，但就連這股熱氣都讓我感到欣慰。

我帶著禱告的心情，低頭抱著罐子。我盯著白色的蓋子，看著看著突然感到好奇。我用力打開蓋子，探頭往裡看。她骨灰的高度大約在罐子的三分之二處，那些顆粒大小不規則的骨灰，宛如白沙一般密密堆疊。這眞的是她的骨灰。眞的是。我不自覺地朝罐子內伸出食指和手指。

碰到了。我感覺到骨灰的觸感。帶著這奇異的感受，我將手指埋入骨灰中，像在游泳一樣緩緩慢移動著。與她的接觸十分溫暖，似乎也因此讓我更感到哀傷。這時，門哐啷一聲打開，把毛巾罩在頭上的安迪看著我。

「會有灰塵跑進去耶，你幹麼把蓋子打開？」

「我只是想看看骨灰好不好。」

「你……還眞無聊。走吧。」

我沒有任何動作，只是看著放下毛巾套上襯衫的安迪。要去哪裡？難道我昨天喝醉之後，有跟他約好要去哪嗎？這樣我該怎麼拒絕才好？要堅持說我喝醉酒不記得了嗎？說不定他說「走吧」，只是單純指離開民宿而已。

我決定先不擔心這些，帶著她的骨灰離開房間。

「天啊，BMW的空調居然故障，這像話嗎？」

「你是以為進口車就不會故障喔？」

安迪發現空調只會吹出熱風，一點作用也沒有，於是關掉空調打開車窗。我本想跟他說，與其開一輛故障的進口車，還不如改買國產小客車，但最後還是忍住了。

開著窗戶馳騁在沿海國道上，吹進車內的風十分涼爽。安迪似乎很了解這一帶的路線，連導航都沒開。我實在忍不住，便開口問道：

「現在是要去哪？」

安迪露出一個陰險的微笑，轉頭看著我說：

「離這裡最近的機場是麗水。我搜尋了一下，雖然班次不多，但剛好明天早上有一班飛機從麗水飛到濟洲，所以今天我們要在麗水住一晚，然後飛去濟州島。」

「濟州？為什麼要去濟州……？」

「你忘啦？昨天喝酒的時候，不是說要到濟州島送在妍一程嗎？」

果眞如我所料。我斷片時都講了什麼鬼話啊？這種時候絕對要裝蒜，而且是裝到底。

「你停一下。」

「停下來會很熱耶，要繼續開才會有風。」

「先停在路邊！」

安迪不得已，只好把車停在路邊。我狠狠盯著他說：

「昨天我說濟州島怎樣？我不記得自己有說過那種話。」

可能是天氣實在太熱，只見安迪一邊用手搧風一邊把臉湊上來，搖著頭說：

「拜託，你就別裝蒜了，乾脆承認自己喝醉說錯話吧。雖然承認了也不能把話收回去……」

「我沒有說那種話！我根本就不記得，怎麼可以說我有講過？反正，我是不會去濟州島的，我爲什麼要跟你一起搭飛機去那種地方？」

安迪摸了摸口袋，掏出打火機。原本不抽菸的他從昨天開始菸酒不忌，本以爲他又要抽菸，沒想到他朝打火機的底部壓了一下。瞬間，打火機像錄音機一樣傳出我的聲音。原來那是個打火機造型的錄音機。這樣聽見自己的聲音，實在感覺有些陌生，尤其在酒精的加持之下，更是讓我差點認不出來。

「……一個有山又有海的地方……就是南海……在妍很喜歡這樣的地方……」

「所以啊，濟州島最適合了。那裡有全韓國最高的山，海也美得不得了！」
「欸，什麼濟州島啊……那是她跟你一起去過的地方吧？」
「南海不是跟你去的嗎？既然我們已經去過南海，那也該去一下濟州島吧？這樣才公平啊。」
「……你說的沒錯，但這樣不對。」
「為什麼不對？」
「……在妍她……討厭濟州島……她說她討厭那裡……」
「哇，放屁，她超愛的，她還說想住在濟州島咧，少在那騙我不知道。」
「她就說她不喜歡……」
「好，不然你就在這裡對在妍的骨灰說啊，把手放在上面說給她聽。」
「……這是何必……講了又能怎樣……」
「濟州島也有在妍很喜歡的地方。你知道那裡的山嗎？濟州的山岳？在那些山上發現墳墓的時候，在妍就說如果有一天她死了，她也想葬在這種地方，我記得很清楚！」
「少騙了！你是要我……相信這種鬼話嗎？」
「這樣說來，濟州島眞的很適合耶。明天就去，搭飛機去，把事情辦完就回來。」
「我明天得回首爾，不然會被公司炒魷魚。而且……我沒錢！」

「錢全部由我來出！而且你現在還在意公司的事嗎？上班比在妍重要嗎？那你就去上班吧，我一個人去濟州島。」

「你眞的是……我哪有說上班比在妍重要？好啦！我也去啦……去就是了！」

「好，那我們就一起去喔！你明天可不能反悔喔，來，打勾勾！」

「打勾勾，好，我答應你……來，我會去！打勾勾。」

錄音就到這裡。我宛如一尊銅像僵在原地，感覺一滴汗滑過自己的側臉。

安迪不等我回答便發動車子繼續上路。我得想辦法反駁他……但我那醉醺醺的聲音在耳邊繚繞，讓我整個人動彈不得。安迪跟著收音機播放的歌曲哼唱，我則是好不容易才開口：

「我說啊，安迪先生，我們不能重新考慮一下嗎？」

安迪大大嘆了口氣，轉過頭看著我。

「昨天啊，我其實可以乾脆丟下你走掉耶。你聽到錄音了，你也知道吧？你根本什麼都不記得了吧？我根本可以直接把你丟在民宿，帶著乳清蛋白粉罐離開喔。」

「……」

「可是你知道爲什麼我還是要跟你一起去嗎？義氣，是因爲義氣。對在妍的義氣、對老哥你的義氣。所以……你也要有義氣啊，要遵守約定。」

義氣是能吃嗎？既然這麼有義氣，當初在汽車旅館怎麼還想摸黑逃跑？我實在是說不下去了。

空調故障的ＢＭＷ，就像一輛跑得比較快的牛車。熱風從窗戶吹進來，我的心情也糟透了。聽著電台節目幼稚的聽友來信，安迪一面發出不齒的嗤笑聲。我對他感到不耐煩，同時也覺得被裝在乳清蛋白粉罐裡的在妍很委屈。

其實安迪說得沒錯，她眞的很愛濟州島。

事已至此，我現在唯一能做的就是好好送她一程。我下定決心，要更有耐心一點。窗外湛藍的南海湧動，美好得近乎無情。

麗水

沒過多久，我便知道爲何安迪沒有選擇把車開往有較多班機飛往濟州的釜山，而是選擇前往麗水。車子進入麗水市區，他連導航都沒開便彎進小巷，熟門熟路地開著車前進。麗水是安迪的故鄉。

他將車子停在鄰近水產市場的成人遊樂場附設停車場。他說附近有認識的餐廳，要先吃一頓午餐，於是我便跟著他一起下車。這時，一名看上去應該是遊樂場員工的年輕男性，踩著外八字的步伐靠近我們。

「喂，先生，誰准你隨便把車停在這的？」

安迪一臉無奈地看著他。

「你誰啊？」

「在我還沒動手之前把車開走。」

「去叫白熊過來。」

「你爲什麼……要找白熊大哥？」

「我要叫他把你這白癡給炒了，怎樣？」

這傢伙察覺事情有些不對勁，眼神茫然地看了看我們，便轉身離開。安迪活動了一下脖子，朝市場走去。靜靜跟在他身後的我心想，看來他在故鄉還算是小有勢力。

即便是平日，麗水水產市場仍然人馬雜沓。擠滿了不知是來自中國還是日本的觀光團。時序正逢夏天，也有不少一起來避暑的家庭遊客。狹窄的市場通道，左右兩側都是忙著接待客人的生魚片店，店門口放著偌大的紅色塑膠桶，裡面裝著各式各樣的魚和海鮮。

安迪挺起本就寬闊的肩，像一台推土機似的推開人群往前走，迎面而來的人們則識相地主動閃避。忙著拉客的阿姨們看到安迪，都不約而同地上前跟他熱情問候，而安迪則像來到見面會現場的藝人，舉起手跟她們打招呼。

「嗨，阿姨，最近好嗎？」

「我實在太忙了，都沒有時間回來，趁著這次下來就過來看看。」

「哈囉，過得好嗎？」

安迪操著一口濃厚的麗水方言，而跟他打完招呼後，鄉親們也把注意力轉移到我身上。這些關注與安迪和攤販的熱情互動，卻讓我備感壓力，只能默默走在他身後距離一公尺的地方。

安迪來到一間名叫「我們餐廳」的生魚片店門口，忙著拉客的阿姨驚喜地停下腳步。安迪帶著欣喜的表情對著阿姨張開雙手，阿姨則伸手拍拍安迪的胸膛，不知跟他說了些什麼。安迪回了幾句話便往店裡走。要跟安迪去濟州島的尷尬心情讓我沒有食慾，但無奈之下也只能跟著走進餐廳。領路的那位阿姨，朝著廚房喊了一聲：

「快來看看是誰來了。」

接著，一名看上去年近四十，坐在餐廳裡滑手機的女子抬頭，一看見安迪便驚喜地站起身。她像是看見走失的狗回來一樣，慌忙穿上拖鞋朝安迪跑了過來。

「小叔，你怎麼突然跑回來了？」

「哎呀，大嫂，妳過得好嗎？」

「你有沒有跟你媽媽和哥哥聯絡？」

「我剛好來附近辦事，就順便過來一趟。生意都還好嗎？」

「別說了……你不在啊，店裡一直都很冷清。」

我能感覺到，安迪的大嫂本來還想說些什麼，但看了我一眼便沒再繼續說下去。當安迪說要吃午餐時，大嫂一邊往廚房走去，一邊語帶責備地問安迪在忙些什麼，怎麼會連飯都沒吃？

我們找了個位置坐下。小菜上桌之後，我突然感覺到一陣飢餓。我一邊吃著紅蘿蔔和鵪鶉蛋，一邊等待生魚片上桌。

一盤豐富的綜合生魚片上桌，安迪則開了酒要替我倒。不知是不是前一晚的醉意還沒完全褪去，我竟覺得再繼續跟他喝也無妨。我拿起杯子，他便替我倒了杯酒，然後也替自己倒了一杯。

一杯黃湯下肚，我感覺有些昏沉。不過吃下一塊厚厚的生魚片之後，便又覺得我似乎還能繼續喝。人家都說，真正的酒鬼是能用酒來解宿醉的人……我想昨天那樣放肆大喝之後，我心中對酒精的渴望又再度突破壓抑而抬頭了。

放下手中的空杯，只見安迪瞪大了眼睛看著我。

「怎麼了？」

「我突然想起一件事。」

面對我，安迪又換上一口標準的首爾話。

「想起什麼？」

「那個啊，在妍不是也算會喝酒嗎？而且喝醉以後也會小小發點酒瘋。」

「是不到發酒瘋啦……只是喝了酒以後會變得比較大方，話也變多了。」

「我就是這個意思。老哥，你也是喝了酒話會變多。我昨天這樣一看，發現你喝醉酒之後的樣子，跟在妍其實挺像的。」

「你想說什麼？」
「沒有啦，就只是想說這個。」
「我們什麼時候去濟州？」
「我買了明天早上的機票。三年沒回老家，我想趁這機會睡一晚再走，好嗎？」
「那你要我怎麼辦？我明天無論如何都得回首爾。」
「擔心什麼……明天一早去濟州，送走在妍之後就搭下午的飛機回首爾。」
這傢伙一副沒什麼大不了的樣子，讓我瞬間火氣都上來了。
「如果今天也跟你住在一起，那我們就是一起住了三個晚上，我們又不是來教召……」
「拜託，你以爲我想跟你這樣同甘共苦喔？我也在忍耐，你就不要在那耍脾氣了，好嗎？」
我再也不想跟他說話，便起身往廁所走去。在又小又髒的店家廁所裡小解完，我仔細看著鏡中自己那張仍帶著醉意的臉。眞是個蠢蛋。怎會被他騙去偷了在妍的骨灰，還跟著他一起來到故鄉，喝了個大醉，把事情弄成這樣？打從一開始就不該把在妍的骨灰從追思公園帶出來。
在我的人生中，以前可曾幹過這種事情？反正以後應該也不會再有了。即便感到荒唐，船到橋頭自然直的念頭仍在我內心某個角落逐漸萌芽。不，不是萌芽，是似乎已經長成一棵幼苗了。看了看手機，家裡也打了三通電話來。如果是以前，我肯定坐立難安，不知該如何回覆，現在卻覺得無所謂了。一旦走偏了路，那是否繼續遵循原來的路線也就不重要了，剩下的就只有好奇這條路的盡頭是什麼。

我從廁所回來，發現安迪不在位置上。四下一找，發現他站在櫃檯跟那名他稱爲大嫂的女子談話。大嫂一臉爲難地從櫃檯拿出現金給安迪，就只有幾張五萬元紙鈔和一萬元紙鈔，而安迪似乎想要更多。

這時外頭傳來腳步聲，三名健壯的男子進到店內。安迪趕緊往後退開，中間那名壯漢朝安迪緩緩走去。看也知道，那人跟安迪是同一個媽生的。

「欸，姜並俊，你怎麼像隻老鼠一樣偷偷摸摸跑回來啊？」

「幹，媽的……嚇到我心臟都要停了。最近還好嗎？」

男子快速瞥了安迪手上的現金一眼，不屑地笑了一聲。

「時隔三年回來，就只是爲了討這點錢嗎？你眞是個沒用的廢物弟弟。」

「你在說什麼啦？這是我要付給嫂子的飯錢。來，嫂子，就不用打統編了。」

大嫂下意識接過安迪遞來的現金，安迪則轉身朝著跟廁所同方向的後門，也就是往我的方向跑了過來，同時用眼神向我示意：「快跑！」

我們不理會在後方追趕的男子，飛也似的奔跑穿過水產市場。離開市場的主要區域，彎進一條小巷之後，我們依然繼續跑。安迪似乎對這裡的地形瞭若指掌，頭也不回地跑在前面，而我則辛苦地跟在後頭。

我邊看著那傢伙的背影不停往前跑，邊回想剛才發生的事。剛才那名男子肯定是安迪的親哥哥，而安迪是個很會給家裡添麻煩的弟弟……他好像是叫安迪姜並俊？我似乎明白爲何安迪堅持要用英文名字了。

我和本名姜並俊的安迪姜一起逃跑，最後來到一棟非常氣派的傳統韓屋。安迪癱坐在一旁，抬頭看著正在對這棟建築物探頭探腦的我。

「這裡是鎮南館，是李舜臣將軍曾經住過的地方。」

安迪的語氣十分平靜，彷彿他是特地帶我來這裡參觀。鎮南館如此氣派，莊嚴雄偉的程度不輸首爾的任何一座宮殿。看我這樣興致勃勃地在門口探頭探腦，安迪又說：

「你知道嗎？龜甲船最一開始是從麗水出動的。」

「龜甲船是什麼警車嗎？那是船，應該叫出航吧？」

「你少在那裡裝懂了啦。反正既然來到麗水，就一定要來參觀這裡、突山大橋的夜景，還有梧桐島。」

「至於水產市場，我們剛剛已經去看過了，對吧？」

「說到這就有氣，我生魚片都沒吃到幾塊耶！」

安迪看著我，露出惋惜的笑容。他的樣子，讓我聯想到愛惹麻煩的小孩，也讓我意識到人人都會有想要掩飾的家庭問題。剛才他是以爲白天哥哥不在，就想去找大嫂要點錢，沒想到被逮個正著。

「從這裡到梧桐島，以前都是我的地盤。」

「明明是你的地盤，怎麼還會被追著跑？」

「有一些小誤會啦，我哥就很愛發神經。」

「那接下來該怎麼辦，姜並俊先生？」

安迪怒氣沖沖地瞪著我。

「我還在想啦，苦民眾先生。」

他強烈反擊，而我也不甘示弱。

「你沒錢去濟州島，對吧？」

「……錢去找白熊借就有……老哥，你是不是以爲人只要有錢就能解決一切？」

「那你告訴我，現在還需要什麼？」

「我隔了三年才回到故鄉，大家還這麼討厭我、不歡迎我……我很傷心啦。眞的好沮喪。抱著這種心情，你覺得我有辦法好好送在妍一程嗎？」

「我說你啊，不要老是只鍛鍊身體的肌肉，心靈的肌肉也要鍛鍊一下啦。你比我想的還要玻璃心。」

經我一番挖苦，安迪氣得站起身。這個比我壯了兩、三倍的傢伙，微微彎下腰來俯視我，確實讓我很有壓力。我努力裝出絲毫沒有動搖的樣子，只見安迪搖了搖頭，一手搭在我的肩上。

「你的意思是說，你不是個玻璃心，所以昨天才會那樣發酒瘋？」

安迪朝我的肩膀拍了兩下，隨後便邁開步伐，我則在後頭問他要去哪。

「給我兩個小時，只要你相信我，我一定會報答你。」

安迪就像個背對夕陽離去的英勇警察，要爲村人們嚴懲侵門踏戶的敵人，在午後朝著大馬路走去。不知該何去何從的我，也只能再度跟上。

安迪開著車離開麗水市區，途中不斷撥電話給不同的人。對象都是他家鄉的朋友，他操著濃厚的鄉音，詢問中古車的時價與買賣處。看來，他是想賣掉這輛空調故障的BMW。撥了幾通電話之後，我們再度上路。

開了好一陣子，天色逐漸變暗，我們來到一個中古車交易處，待售的中古車、報廢的車輛如火柴盒般排成一列。安迪停下車，叫我在這裡等一下，隨後便走進辦公室。

我拿著裝有乳清蛋白粉罐的背包下車，點了根菸叼在嘴上，在停滿無主車輛的廣場上徘徊。來到這種地方，想必會有一隻老闆養的土狗對我大聲吠叫。這次是隻白狗，但因爲一直沒洗澡，毛已經完全變成灰色。即使我沒再繼續靠近，牠依然不斷對著我猛吠。我覺得有些受傷，更覺得如果不讓牠閉嘴，會讓我的人生變得很不順遂，因此我睜大了眼，站在那跟牠對峙。無論是人還是狗，眼睛都是靈魂之窗。當我站在這隻土狗面前專注地瞪著牠，牠也不再吠叫，而是轉身走回自己的狗窩去趴著。我贏了。

雖然贏過土狗也沒什麼好開心的，但既然無論是贏是輸都依然是個廢物，那還不如當個贏了狗的廢物要好一些。這麼說來，仔細想想，過去三天跟安迪同行也是這樣。他是笨蛋，而我是廢物。他一起鬨，我就失去理智，跟著他一起跑來這裡。雖然某種程度上也是在自暴自棄，但透過剛才跟土狗的對峙，我終於領悟到——

別輸。

要當個會贏的廢物。

別被安迪那傢伙牽著鼻子走，要壓制他，不需要害怕他那一身沒用的肌肉。我不是還有聰明的腦袋嗎？不是還有讓土狗乖乖安靜的眼神嗎？

一陣騷動聲吸引我的注意，轉過頭一看，才發現安迪跟中古車廠的老闆站在BMW前高聲爭執。似乎是因爲停車場入口的光線不足，只見老闆正拿著手電筒仔細查看車子，安迪在一旁吵著要他別找碴。安迪正用一口流利的方言不停制止老闆，他非常堅持，散發的氣勢力壓那長得像青蛙的中古車業者。安迪看起來攻擊力眞的很強大。我又開始感到畏縮，剛才的決心早已不知去向。

我看著用故鄉的方言討價還價的安迪，心想他在首爾經營連鎖健身房的生意，而不得不使用標準首爾話。把英文名字當成本名、矯正自己的方言、死也要住在江南或盆唐這些地方，都是爲了擠進首爾的富人階層。他在首爾的生活，想必就是像現在這樣，爲了多討到一點錢，努力跟老練的中古車業者討價還價。

安迪就是典型愛惹事的大塊頭。他無知得可以，以至於總是能無所畏懼地去做每一件事。相較之下，我是在首爾長大的普通人，個性極度謹愼，大學畢業便投入職場，在出版社展開漫長艱苦的上班生活。我們唯一相同的部分只有年紀，故鄉、個性、生活環境都截然不同。而與這樣差異甚大的人共度的旅程，很快就要邁向終點。唯一可以確定的是，透過安迪這個人，我得以重新檢視自己。包括他在內，這趟旅程中發生的一切，都是我過去絕對不可能經歷的。這段旅程結束之後，我肯定會有一些改變。

我沉浸在思緒中，回過神才發現講價似乎已告一段落，安迪已經從中古車業者手中拿到現金，現在正在數錢。安迪跟業者握了握手，又轉過身拍拍自己的ＢＭＷ引擎蓋，一邊甩著手上的錢一邊朝我走來。

走出停車場的時候，安迪還不忘抱怨。

「眞是個土匪！就已經跟他說是木葉鰈大哥介紹我來的了，還這樣一直找麻煩。」

「那你有虧嗎？」

「賣出去的價格還是比在首爾好一點啦。來，走吧，計程車！」

都這麼晚了，還要去哪啊？可惜我錯過提問的時機，只能跟著他坐上計程車。安迪告訴司機，要他開去順天NC。我問他那裡是哪，他沒有回答，反倒把臉湊了過來，像狗一樣聞了聞，然後舉起手要我看他的手指。他一臉驕傲地說，要去逛在妍，可不能讓自己髒得像個乞丐。他不說還好，我這才發現自己已經連續三天穿同一套衣服，T恤上滿是汗漬，牛仔褲的膝蓋處也破了個洞，而他的襯衫和黑色牛仔褲也是一樣。

「麗水現在還沒有百貨公司。但也是啦，在麗水賺錢，拿到順天去花才更有感覺。」

順天NC是一間百貨公司。我們下了計程車，先到附近的中式餐廳吃了碗炸醬麵，然後才進入百貨公司。

逛了幾間男性服飾賣場，那傢伙在HUGO BOSS買了一件短袖襯衫和黑色褲子。看他買了跟身上原本的穿搭一模一樣的衣服，我驚訝地想，他難道是把這當成制服在穿嗎？更沒想到的是，他竟也推薦我一樣的款式。

「我不喜歡這種風格。」

「你以為我夏天穿黑色西裝是因為喜歡？這是喪服啦，明天你不打算辦喪禮喔？」

「沒有啊，但就算是去參加告別式，我也不太會特別穿黑色的喪服，選深色系的衣服就好了吧？」

「老哥，你之前去參加告別式也隨便穿，實在是有點那個，像你前天去追思公園也亂穿。這套我送你啦。」

這傢伙果然還記得我出席告別式的樣子，他還記得我哭著走到一半摔倒的糗態。他這樣提起告別式的事，反倒激起了我的自尊心。

「我不要。難道你出錢就能要求我聽從你的安排？我覺得這樣不太對。」

「唉唷，我哪有要你聽我的安排？我是在拜託你。你就幫我這個忙吧，我連鞋子都一起送你。」

連鞋子一起送這句話，軟化了我堅定的意志。我恰好需要一雙新鞋子，只好假裝勉為其難地同意。見我同意，安迪開心地要女店員配合我的尺寸，再拿一套一模一樣的衣服來。

來到賣鞋子的樓層，那傢伙變得比剛才要挑剔許多，不知究竟要逛幾間店才肯罷休。他每間店都會走進去試穿，還把自己當成走伸展台的模特兒，在店裡上演時裝秀。

時間一分一秒過去，我漸漸對購物失去耐性，開始煩躁起來。

我走出店家，坐在手扶梯旁的椅子上休息。今天是平日，現在是晚上八點多……明明說經濟不景氣，店裡卻依舊擠滿了客人。眞不知道大家究竟是哪來的錢，怎麼每個人手上都提著好幾個購物袋？

我想起過去，雖然大家都笑我沒有穿衣品味，但在妍總是說沒關係。她說她不喜歡男人太愛打扮、太愛購物，前男友就是個活生生的例子。前男友，就是我眼前正在換穿第七雙鞋子的這個傢伙。

整趟旅程，安迪總會讓我想起她。雖然心裡很不是滋味，但實在也無可奈何。這趟旅程是因安迪和我都認識的在妍而起，也是專替我們量身打造的懲罰。沒錯，是爲了懲罰我喝酒喝到斷片還發酒瘋，她才會讓安迪錄下我的失言。那錄音害我進退兩難，今天一整天，不，連明天都得跟在安迪屁股後面。

這次輪到我接受她的指示去懲罰安迪了。我打算一桶水澆熄安迪的購物熱情，於是大步走進鞋店，結果卻發現他正在跟替他拿了雙新鞋子來的女店員談笑風生。女店員帶著非常誇張的微笑替安迪穿上鞋子。可能是因爲她已經替安迪挑選、試穿了好幾雙鞋，稍稍拉近了距離，安迪跟那位女店員說起話來毫無隔閡。媽的，看在別人眼裡，肯定會誤會是女友在替他挑鞋子。無論是女店員還是安迪似乎都不排斥這種誤會，只見他們眼神不時交會，還咧著嘴微笑，讓人看見他們潔白的牙齒。有那麼一瞬間，我覺得自己就像女兒將要出嫁的爸爸，看著自己的準女婿在跟陌生女子眉來眼去。我皺起眉頭來到安迪面前，低頭看著他。坐在椅子上，正在查看自己腳上那雙新鞋的安迪，一臉不解地抬頭看著我。

「到底要選多久……」

在我把話說完之前，那傢伙便站起來面對我。他腳上那雙鞋的鞋跟有點高，讓他能從更高的地方俯視我。

「最後一雙了，你看，怎麼樣？」

我看了看他腳上的鞋，上頭有著奇怪的裝飾，鞋跟也非常高，要用來搭配正式服裝似乎有些不妥。簡單來說，就是不怎麼樣。我決定讓他吃點苦頭。

「你走幾步看看。」

安迪瞬間化身伸展台上的模特兒，在店裡走了幾步，隨後轉頭看著我。

「這是目前爲止最好的一雙，你看起來也更高了。」

他似乎很滿意我的評論，對我豎起大拇指，然後對女店員說：

「小姐，我就買這雙，也給他一雙一樣的。」

媽的，女店員來問我的鞋子尺寸了。

後來我們還買了襪子、內褲、短褲和舒適的T恤跟一個行李箱，才終於結束這趟購物之旅。全都是高級品，而且是兩套。安迪有如哈林區的毒販，從口袋裡掏出一疊對折的現金來付帳。既然是百貨公司，這樣少說也花了上百萬韓元，但他付錢時毫不手軟，好像是善心大發救助什麼窮苦的朋友一樣，出手非常闊綽。

購物結束後，我們搭計程車回到麗水。回程的計程車上，安迪再度跟「某個他稱爲大哥的人」通話。結束通話後，他便把飯店的名稱告訴司機。計程車又開了三十幾分鐘，來到一處能遙望梧桐島的海邊，停在一棟高級飯店前。我們住進一間套房。

即便現在是旅遊旺季，安迪依然靠著幾通電話，用非常便宜的價格訂到這間套房。神奇的是，除了他的親哥哥之外，那些「大哥」都不約而同地非常照顧他。

我先洗澡，然後才換安迪進去浴室。這種套房本該跟另一半一起來的，現在居然是跟安迪一起，這樣輪流洗澡的感覺實在讓人很不舒服。但換上在百貨公司買的新內褲、短褲、T恤之後，確實感到清爽許多。連續多天艷陽高照，我卻一直穿著同一套衣服，如今終於好好洗個澡、換穿新衣服，的確有煥然一新的感覺。

來到窗邊一看，才發現窗外的風景非常美。夜裡，在燈光照耀下無比華麗的突山大橋與海岸公園，讓我鬱悶的心變得開闊不少。

等到明天，我們去濟州島把在妍送走，然後就會搭上回首爾的飛機。只要能好好送她一程，這點程度的苦是我該承受的。一起相處了幾天，發現安迪雖然愛裝腔作勢又莽撞，的確讓人有些壓力，但他並不是什麼壞人。雖然一開始相處有些不自在，但現在我的心情也整理得差不多了。我們都是普通人，是在不同時期喜歡上同一個女人的普通人。跟別人一起旅行，從來都不是容易的事，所以我決定放寬心。

「夜晚的海景，很不錯吧？」

回頭一看，發現安迪把浴巾繫在腰間遮住下半身，上身一絲不掛，手中正拿著一條毛巾擦頭髮。平時穿短袖襯衫，就已經壯得像要把衣服撐破了，現在這樣看到赤裸裸的胸大肌，實在讓人難以招架。

「麗水夜晚的海濱，啦啦啦啦啦，有個美麗的故事，啦啦啦啦啦啦……」*

安迪開始哼起了歌，不記得的歌詞就用啦啦啦帶過，這傢伙真的在各方面都讓人很難招架。

「穿一下衣服吧，你不覺得你太過炫耀自己的身材了嗎？」

「哪有炫耀……最近我都沒時間運動，肌肉都消下去了。」

嘴上說著沒在炫耀，安迪卻還是擺出綠巨人浩克的姿勢，拱起身子展現他的胸肌。

我無奈地轉頭看向窗外。

「怎樣？要不要出去一起喝瓶啤酒，感受一下麗水海邊的夜晚？」

與其這樣待在房間裡大眼瞪小眼，還不如出去喝個酒要好一些。

離開飯店，我們搭計程車沿著海岸公路前進。不到十分鐘的時間，便來到一個叫萬聖里黑沙灘的地方。將近晚上十點，沙灘上還是有許多年輕人和家庭遊客，鋪著野餐墊坐在海灘上吃炸雞、配啤酒、玩鞭炮，不亦樂乎。

安迪說這裡就是〈麗水夜海〉這首歌裡說的地點，絲毫不掩飾對家鄉的沙灘被寫成名曲的驕傲。我決定丟下已經切換成導遊模式的他，逕自往大海的方向走。離海水越近，那宛如低音節奏的海潮聲便越清晰。偶爾涼爽的海風迎面而來，讓我忘記夏季的炎熱。我站在黑沙灘上，看著黑鴉鴉的海面。

安迪提著一個沉甸甸的黑色塑膠袋來到我身旁。我們在海灘坐下，各開了一罐體積有保溫瓶那麼大的啤酒來喝。咕嘟咕嘟，他氣也不喘一口，猛灌著啤酒。我也不想輸，便一邊喝一邊用眼角餘光偷偷觀察他的動靜。看我一副就是要一口把啤酒喝完的態勢，安迪頭仰得更高，試圖加快自己喝酒的速度。最後是我輸了。我才喝到一半便把手中的啤酒放下，安迪則是整罐喝完後還將罐子捏扁，慶祝自己的勝利。

＊此為韓國三人男子樂團 Busker Busker 的歌曲〈麗水夜海〉。

「在海邊就是要喝罐裝啤酒，你懂這種感覺嗎？」

「你是不是很常來這？」

安迪沒有回答，只是咧嘴一笑，並像扔手榴彈一樣，將手中捏扁的罐子扔了出去。

很快地，周圍的人便對我們投以不友善的視線，那眼神好像是在說哪來這麼沒常識的傢伙，竟敢亂丟垃圾。但看到穿著短袖T恤、肩膀和斜方肌壯得像座山的安迪，就都立刻別開視線。

這男人做什麼都肆無忌憚，想做什麼就做什麼，自信又愛虛張聲勢。但我已經看見他隱藏在虛假外表之下的模樣，看見他內心所受的傷。膽小的我從一開始就爲了不受傷而裹足不前，他卻是勇往直前、不斷衝撞，這樣當然會受到很多傷害。即便他沒像我這麼敏感，我相信他也受了很多傷。肌肉能夠鍛鍊得很結實，內臟卻不行。心臟也屬於內臟，這一趟與他同行，我覺得自己似乎能聽見他心臟跳動的聲音。即便他身材這麼魁梧，心臟的跳動卻是十分微弱。

他打開第二罐啤酒，我問：

「沒問題吧？」

「什麼？」

「用了這麼多錢啊……我看你跟你哥的關係也不太好……」

「這沒多少錢啦……我還有沒領到的錢，而且『騎馬時代』也要上市啦。現在是暫時休息，花光了錢只好把那輛破車賣掉，但只要籌到能送在妍一程的旅費，不就夠了嗎？」

安迪活動了一下脖子，再喝了口啤酒。

「還有，細俊跟我每次見面都是那樣。我們兩個才差一歲，就是常常吵架，但也很快就會和好。」

「細俊？」

「我哥啊，我叫並俊，他叫細俊。」

我極力壓抑想大笑的衝動，問說：

「那他爲什麼一副想宰了你的樣子？」

「我上次回來的時候，跟家裡借了一點錢。也沒多少，但他一直吵著說我還沒還錢，所以他才會這麼想我啦。」

「你借了多少？」

「五千萬左右吧。」

「那很値得大吵耶。」

「錢喔……反正那是我應得的遺產啦。」

「你爸去世了嗎？」

「是還沒去世啦，但跟死了差不多。」

「什麼？」

「他比狗還不如……眞不知道……他怎麼還不快死。」

安迪的語氣充滿了怒意。我不知該回些什麼，只能保持沉默。而他似乎還想抱怨，便接著說：

「怎會把自己的小孩取名叫細俊跟並俊？還說什麼族譜上已經沒其他字可挑了……眞是瘋子。我會開始練身體、學打架，都是因爲這個名字。從小就一直被取笑到大……幹，眞是想到就有氣……」

安迪一氣之下再度一口氣喝光啤酒，然後問我：

「怎樣？你爸是不是很慈祥和藹啊？也對啦，我聽說你住延熙洞？你一定是在有錢人家出生，被呵護長大，讀了很多書進到出版社工作，然後也做了很多書……簡直就是模範生，對吧？太棒了，棒透了。」

「雖然沒你那麼誇張，但我的名字也讓我很困擾。」

「你的名字很不錯啊，民眾，很棒。可惜就是姓苦，這就有點那個了，哈哈。」

「我妹妹叫苦民主。」

「什麼？」

「民眾、民主、統一，我爸媽生了三個孩子，就這樣取名。可我眞的不知道，我那聰明絕頂的老爸，怎麼就沒想到把孩子的名字跟姓氏連在一起唸唸看？苦民眾算什麼啊？害得我這麼謹愼小心，一天到晚都在苦民所苦。」

「哇，你家也很不正常耶。」

「但最後他們只生了兩個，老三沒生下來，沒有統一。」

「這意思是說，我們韓國沒辦法統一囉？」

「爲了統一，他們最近可能又不知道跑去哪裡，努力想生第三胎吧。」

「哈哈哈哈！」

安迪仰天大笑，連我自己都覺得這番話很荒唐，也跟著笑了起來。安迪搭著我的肩笑到全身發抖，我也被他傳染，忍不住笑個不停。他搭著我的肩，開了新的啤酒要我跟他乾杯。他的體溫很高，手臂就像燒熱了的木頭。我頂著肩上的熱度與重量，舉起啤酒跟他乾杯。他率先喝了起來，但才喝沒幾口，又因爲忍不住笑意而將啤酒噴了出來，後來我也跟著大笑。

那天晚上，我們在麗水的海邊一起痛罵自己的父親，感覺彼此的距離也近了一些。我開始覺得慶幸，我們之間多了在姸之外的共通點。如果聊在姸的事，兩人肯定都沒辦法卸下心防。我們是兩個打從骨子裡對她感到抱歉的男人，是愚蠢地躲在她身後軟弱的愛人，是沒有資格因她的死而埋怨的傢伙。

我們不停勸彼此再多喝一罐，不知不覺喝了十二罐啤酒。

「話說回來，安迪這名字是哪來的？」

「原本健身教練就流行用英文名字，看起來也比較專業。」

「我的意思是說，你可以叫艾力克斯，也可以叫詹姆士，爲什麼要選安迪？」

安迪露出一臉我問到重點的表情看了我一眼，然後挺起胸膛，閉上眼睛並把嘴張開。他非常認眞地擺姿勢，我卻看不出這個動作代表什麼意思。

「你沒有想到什麼嗎？」

「什麼？」

他一臉洩氣地說：

「你不知道《刺激一九九五》嗎？刺激一九九五！」

安迪再度擺出剛才的姿勢，原來他在模仿《刺激一九九五》電影海報上，逃獄之後在大雨中享受自由的提姆．羅賓斯。這動作改由一個肌肉男來做，而不是身材纖瘦高眺的提姆．羅賓斯，誰猜得出來啊？

「《刺激一九九五》就是我人生的最佳電影！」

安迪恢復輕鬆的坐姿，如此說道。我當初是直接讀史蒂芬・金的小說原著，所以不太清楚提姆・羅賓斯在電影裡飾演哪個角色。

「是因爲安迪・杜佛倫，所以你才叫安迪嗎？」

「對，安迪・杜……總之就是安迪啦。他歷經千辛萬苦才逃出監獄，他淋雨的時候，後面還不停打雷閃電……總之，就是他享受自由的那場戲，不覺得超讚嗎？」

「那的確是部好電影。」

「老哥，你幹麼這樣？這部電影可不單純只是好電影喔，是全世界最棒的電影，全世界最棒！眞不知道爲什麼我們韓國拍不出那種電影。很花錢嗎？還是需要什麼機器人？裡面有恐龍嗎？有外星人？就只要建一座監獄，把演員都塞進裡面拍就好啦。乾脆租下一整座監獄，至於裡面的囚犯，就找幾個長相比較凶惡的囚犯去當臨演不就好了？」

安迪極爲不滿的大聲抱怨。我懶得跟他吵，僅用眼神表示同意他的看法。

「對吧？你也這樣想吧？我也是這樣跟在姸說的，她說是因爲寫不出那樣的劇本。我就說，那不然她可以寫一部類似《刺激一九九五》的片子，肯定會大賣。然後她說……等等，我剛剛在說什麼？」

「在姸說了什麼？」

「啊，對，不說了，我們已經講好不聊在妍了。」

「你都已經說這麼多了，還在胡說八道什麼？趕快說啦。」

「在妍她……突然哭了，她一哭就讓我手忙腳亂，結果我就凶了她。那是我第一次看她哭。」

安迪打開最後的一罐啤酒，看他一副想一個人喝光的樣子，我便拍了拍他的肩膀。他轉頭看我，我將自己手中的啤酒跟他的碰了一下，一起乾了杯。

不知是不是醉意舒緩了我們緊繃的神經，兩人之間的界線和隔閡變得模糊。安迪說，他在追思公園就認出我了。後來看到我一個人走在國道上，就立刻想到要找我一起把靈骨塔位裡的在妍救出來。我告訴他，把在妍的骨灰罈拿出塔位時，我不知道有多緊張。安迪接著說，那天清晨，他想偷偷把骨灰從汽車旅館帶走時也非常緊張。我朝他的肩膀搥了一拳，安迪卻挖苦我，說我是花拳繡腿，還說無論當時或現在，我的攻擊都沒有讓他感覺到痛。這隻肌肉豬，到底在說什麼啊？我虧他說空有一身肌肉，卻很不中用，安迪便氣呼呼地說要比腕力。要是跟他比腕力，那我百分之百會輸，所以我提議不如我們比角力。我從小就在角力這方面頗有天分，這個項目應該還能跟他一拚。

於是，我們踩在海邊的黑色沙灘上。兩人都帶著些許醉意，抓住彼此短褲的褲頭。感覺到周遭的人都在注意我們，這更讓我想要贏。

比賽才一開始，我便果斷地出腳絆倒他。沒想到安迪文風不動，接著一把將我抬起來，直接往後頭的沙灘丟了過去。哎呀，著地的那一刻，屁股痛得讓我瞬間醒酒，整個人坐在沙灘上爬不起來。我好後悔，應該要比腕力的。安迪咯咯笑著來到我面前，一頭倒在沙灘上。雖然是一面倒的勝利，我卻覺得我們就像比試過一場之後，藉機開始回想過去種種經歷，使得友情更加堅實的武林高手。

「老哥，我們講話就別那麼拘束了吧，你是屬狗的吧？」

「你也是嗎？」

「對啊，我是一九八二年生的，屬狗，汪汪。」

酒精讓我對繁文縟節感到厭倦，而且這幾天以來，我們有時講話拘謹，有時又很隨便，這實在有點煩人，於是我就答應了。

「就這樣吧，汪汪。」

「汪汪汪。」

「汪汪汪汪。」

我們就這麼對著夜空吠叫，其他人都把我們當成瘋子。

「喂，快起來啦，你不要去濟州囉？」

安迪把醉到陷入熟睡的我叫醒。現在是早上七點，安迪用跟朋友說話的語氣催促我，說再不快點會錯過飛機。我想起前一晚，我們兩個已經都把話說開了。聽到他操著一口全羅道方言跟我說半語，我突然覺得他對我的態度好像又太隨便了。眞希望等我們離開他的故鄉之後，他可以稍微節制一點，不要一直講方言。

我們穿上昨天買來的襯衫、西裝褲和新鞋，將原本的衣服和鞋子裝進行李箱。安迪拉著行李箱，我背著裝有乳清蛋白粉罐的背包，一起離開了飯店。

我們搭計程車來到一間醒酒湯店。才一進門，他便叫了兩人份老虎魚湯。安迪再度切換爲導遊模式，他充滿自信地說老虎魚是一種叫做日本鬼鮋的魚類，雖然長得很醜，但超級醒酒。不久後老虎魚湯上桌，我很快吃完一大碗，立刻就有了精神。無論是鮟鱇魚也好、裸胸鱔也罷，這些長得很醜的海鮮，醒酒功效確實都是一絕。

我們再度搭乘計程車，這次要前往麗水機場。多虧了安迪，我才能在睡了個好覺並飽餐一頓之後離開麗水。不過，心裡依然還是有些不踏實。

我那個性一板一眼的父親曾經說過，別因爲這一切有人買單就感到開心，這些都是欠人的債，總有一天要還。正是基於這樣的信念，他從來不曾請客或對他人釋出善意。父親開的補習班無論營收再怎麼好，他都不曾給過講師和員工獎金。即便在當時仍然年幼的我看來，也覺得父親是個貪心的人。而我的家教老師雖是父親補習班的講師，卻曾經毫不避諱地在我面前說父親的壞話。
我父親是個熱衷推動民主化運動的人，甚至還配合自己的價值觀替孩子取名，但對他聘用的講師和員工來說，他就跟非洲獨裁國家的國王一樣殘酷。我突然想到那位過去曾和父親一起參與學生運動，還跟他一起開設補習班，後來擔任補習班理事的朋友。由於我高中時也在父親的補習班上課，有一次下課，我聽見他走出教務室對著父親大吼：
「你怎麼不乾脆講清楚，說這間補習班就是只爲了讓你一個人過好日子而開的？王八蛋！」
講師紛紛聚集過來，看著他破口大罵的樣子。而我父親則努力維持撲克臉，想盡辦法收拾局面。父親的那位老友繼續叫罵，我的朋友也一一靠了過來。當時我想，我得趕緊離開補習班才行。
「你在想什麼，想得這麼認眞？」
我可不能告訴他「臭小子，因爲你，我一直想起我爸」，於是我沒有回答，而是轉頭望向窗外。
來到麗水機場，拿到安迪買好的機票之後，發現竟然是商務艙。我說航程這麼短，有必要買商務艙嗎？他回說因爲他身材比較魁梧，所以不搭經濟艙。他眞是個豪邁又令人感激的傢伙啊。

這輩子第一次搭商務艙，我非常滿意，滿意到甚至覺得航程不到一小時眞是有些遺憾。這樣就已經這麼舒服了，頭等艙不知道又有多棒？別想了，與其去想遙不可及的頭等艙，還是希望自己能有機會多搭飛機比較實際。畢竟距離我上一次搭飛機，已經是十年前的事了。

商務艙的空服員也更美了。她們都是額頭飽滿圓潤，長相有如可愛小狗的美女，也因此我非常認眞地聽從空服員的指示。我認眞地聽她們講解救生衣的使用方法，並將智慧型手機轉爲飛航模式。這時我順道看了下時間，才剛剛過早上九點。

如果現在出發，我們會在十點左右抵達濟州島。離開機場租輛車，再立刻前往她喜歡的那座山就好。再怎麼慢，應該也可以在太陽下山前送走在妍並返回首爾。

不知道是不是因爲一路上遭遇許多麻煩，現在送在妍走最後一程，已經成了我必須完成的工作了。

沒錯，從某個角度來看，這確實是一項工作。我無預警地跑去偷東西，跟一個相處起來很尷尬的傢伙同行了幾天，無預警蹺班還花了一大堆錢，這都是爲了要找到她眞正喜歡的地方，而這件事實在很累人。

在我們感覺深愛一個人的時候，都會認爲自己生命中不能沒有這個人，可是這樣的狀態無法維持到永遠。愛情無法成爲日常生活。人類不是狗，不是只要看到主人就一定會開心，也不是只要跟主人待在一起，就會希望主人的注意力全放在自己身上。人類這種動物，並不具備讓愛持續到永遠的能力。況且對方是已經死去的愛人，那我又能怎麼辦呢？或許正因如此，在這段我也不知不覺感到疲憊的旅程中，要送她最後一程的工作對我來說有些難以招架，也一直感覺很不踏實。我在想，直到送走她之前的最後一刻都竭盡全力，或許就是我對她的贖罪。

飛機在跑道上緩緩滑行、升空。我感覺脊椎隨著飛機升空一緊，隨後身體變得輕盈。窗外的房屋、草原、大海瞬間變得渺小、安靜。

在我欣賞窗外景色時，安迪沒有說話，似乎正在補眠。一大早就急急忙忙出門，會累也是當然的。不過，我很快聽到安迪低聲說著話。轉頭一看，才發現他正靠在替他送飲料的空服員耳旁，悄聲不知說些什麼。飛機起飛之前，那名向我們介紹救生衣使用方式，長得像小狗一樣可愛的美女空服員，正以開朗的笑容回答安迪的話。看到那名空服員對安迪露出宛如發自真心、充滿好感的微笑時，我突然一陣煩躁。他又在嘰嘰咕咕跟其他女人說些什麼啊？

我的心情突然變得很不美麗，只好轉頭繼續注視窗外。搞什麼？我怎麼會這麼生氣？仔細一想，我對這位美女空服員的第一印象也非常好，但我可不是會因此而做些什麼的人。更何況我們現在是要去送在妍，那就更不能這樣了。可是安迪這傢伙，卻能自然而然做出我絕對不會去做的事，我既羨慕又嫉妒。話說回來，我跟這傢伙本來就是情敵啊，對我們來說，嫉妒可不是選項，而是不可或缺的情感。我昨天竟然跟這傢伙一起喝醉、打開話匣子還稱兄道弟，都是酒精作祟！宿醉的不適感又湧了上來，於是我便呼叫空服員想要杯水，偏偏來的又是剛才那位。

稍後，她拿了一杯水給我。喝了一口喘口氣，安迪突然戳了我一下。轉頭一看，他手上拿著某個東西對我搖啊搖的，還扯起一邊嘴角壞壞地笑了一下。那是一張紙條，上頭是女生的筆跡寫著電話號碼和姓名。安迪對剛才經過的空服員拋了個媚眼，整個人笑開了。忍無可忍之下，我靠到他耳邊惡狠狠地低聲警告：

「我們現在要去送在妍，你是在幹麼？」

安迪向後退開，一臉不敢置信地看著我。

我理直氣壯迎上他的目光，像是在告訴他有什麼意見就儘管說。接著他靠過來說：

「對方自己要給我的，我能不收嗎？我又沒有做什麼！」

「不是啊，那你幹麼沒事去挑逗人家？你剛不就在跟那女的眉來眼去嗎？」

「眞是冤枉，我只問了她兩件事：她是不是住在濟州、如果是的話請推薦租車業者。拜託，我們過去後得趕快找到租車行，我問一下又怎麼了？我才沒有眉來眼去咧！」

我們遮著自己的嘴，靠在彼此耳邊低聲展開唇槍舌劍的爭論。這次換我出招了：

「你只是問這些，人家就會把電話號碼寫給你？就算你眞的只有問這些，肯定還有刻意拋媚眼、秀肌肉吸引人家吧？所以才會拿到紙條啊。」

「哇，你眞是隨便亂誣賴無辜的人耶……要叫她來嗎？要我叫她來問清楚嗎？你覺得要不要嘛？」

我好不容易才制止他舉手請空服員過來。這麼做太丟臉了，當然不能這樣！這傢伙眞是太會惹麻煩了！

安迪依然一臉委屈。氣嘟嘟地鼓起雙頰，把整張臉撐得緊繃繃，好像臉上也有肌肉一樣。如果這時候打他一巴掌，手感應該會很不錯吧？不過我沒有眞的出手，而是繼續追究下去。第二輪開打。

「那你就撕掉。」

「什麼？」

「那張紙條啊，有寫電話號碼的紙條。」

「爲什麼？」

「看吧。」

「看什麼看？」

「你不丟，就表示你要跟她聯絡嘛。」

「這是人家的誠意耶，我不能這樣子，而且我也沒有要跟她聯絡。」

「既然不聯絡就丟掉，或是乾脆交給我，我來幫你丟。」

安迪一臉不敢置信地看著我。

「你是不是嫉妒我啊？你才是想跟她要電話吧？」

我張大了嘴，用不可置信的表情看著他。

「神經病，你聽清楚，你現在根本就不關心送在妍最後一程這件事，只是對那個空服員有興趣而已。你看，你剛剛還給我看那張寫了她電話的紙條，就是在炫耀你搭訕成功嘛！簡單來說，你就是有那個意圖。你可能對自己是花花公子這件事沒什麼自覺，但不管怎樣，你剛才就是在搭訕嘛。」

「哇，你根本會讀心術吧？你是心理學博士喔？你們這些書呆子，就是喜歡用一些奇怪的理論來幫大家貼標籤啦……隨便你怎麼想，狡猾的東西！」

「什麼？」

我不自覺地大聲了起來。空服員朝我們走過來，也正是那個引發爭執的主角。

「兩位乘客，請問有什麼……」

我還來不及出聲，安迪就立刻摀住我的嘴。

「他今天第一次搭飛機啦，一直在問怎麼還沒有飛機餐，我說這趟航程不會有，結果他就生氣了，哈哈。」

「哈哈，是。」

她帶著笑容回應，並抬眼看了我一下。

「需要再爲您拿一杯水嗎？」

我沒有回答，只是舉起手表示拒絕，並惡狠狠地瞪著安迪。安迪挑了挑眉，若無其事地裝蒜。

啊，一股熊熊燃燒的怒火從我心底深處竄了上來，眞想立刻逃離這個空間。果然不該跟敵人搭同一艘……不對，是不該搭同一架飛機。

可能是注意到我在生氣，安迪開始在意起我的臉色。這樣下去，那傢伙想必也坐立難安。我決定不去在意他，轉頭看向窗外。然後我感覺到安迪的手輕輕搭在我肩上，還在氣頭上的我猛然轉過頭一看，才發現安迪哭喪著臉把一個東西塞到我面前。是那張紙條。

「拿去吧，既然朋友想要，讓出這點東西不算什麼。」

什麼啊？這傢伙眞的以爲我想要那個空服員的電話？我的怒火瞬間熄滅，甚至還有些茫然。跟猩猩說話搞不好還比跟安迪說話更有收穫。好吧，臭小子，聽不懂人話，我就用肢體語言來告訴你吧。

我像用香蕉引誘猩猩一樣，一把抽起那張紙條在他眼前晃了晃。

然後一把塞進嘴裡，嚼了幾下便吞下肚。

安迪嚇得目瞪口呆。果然面對這樣的傢伙，就是該用動物的語言溝通最有效。

濟州

一離開濟州機場，安迪便拖著行李箱往最旁邊的門走去。我靜靜跟在他後頭，一走出機場大門，便能看見像村子入口的長栍*一樣，戍守在機場前方的椰子樹，像在提醒剛踏出機場的人，你已經來到濟州。安迪朝等候接駁巴士的隊伍走去，仔細一看才發現，那是租車業者專用的接駁巴士。我們登上巴士，找了個位置坐下。安迪說，告訴他來這裡搭租車接駁巴士的人，就是剛才那名女空服員。並再一次強調，他剛才真的只有問對方這些。辯解這麼多，肯定有鬼，於是我要他別再提這件事了。

接駁巴士開往鄰近租車公司的停車場，那裡就像中古車廠，停滿了各種不同款式的車，安迪把他想要租的車款告訴租車公司的人。

濟州又悶又熱的天氣，讓我忍不住解開了襯衫的一顆鈕子。抬頭一看，自太平洋飄來的雲，正逐漸遮蓋濟州蔚藍的天空。

遠方能看見漢拏山，雲朵圍繞在山腰處，宛如穿上一件晚禮服，宏偉卻慵懶地俯視著整座島。

安迪的話沒錯，在妍深愛濟州。縱使南海也擁有依山傍海的環境，卻比不上濟州的宏偉。她多次跟我提議要去濟州島，我卻總推託說沒有時間、嫌搭飛機麻煩。其實只是因爲知道她曾經跟前男友一起去過濟州島旅行，所以我才不願意。當時的前男友，此刻正站在我身後，跟租車公司的人吵說不投保車險也沒關係，拜託他們將保險費從租金中扣除。

她最後一次跟我提議來濟州島旅行時，我倆的關係已經尷尬了一段時間，那是在她告訴我無法出書的時候。

她像在提分手一樣，突然單方面通知說書不能出版，讓我不得不提起違約的問題。

「抱歉，就拜託你幫我處理吧。」

她只說了這樣一句話。雖然不高興，但她眞誠的表情，卻又讓我無法眞的對她生氣。我試著平息呼吸，隨後才開口問她：

「能不能告訴我爲什麼？妳總要說服我，我才能去說服公司啊。」

「我沒辦法講清楚，只能說這本書不能出。我知道沒有任何解釋就拜託你處理合約，是一件很困難的事情，但就算是爲了我好，拜託你不要多問，直接幫我解約吧。」

「……」

「等這個月的薪水進來，我就會立刻把簽約金還給你。」

「妳上個月不是也沒拿到薪水嗎？」

「製作人說這禮拜就會拿到錢了，他說會先給我這個月的薪水，到時我就有錢能還你。」

「好吧，那我不問妳爲何不能出書。可是妳……不出的話眞的不會後悔嗎？」

「這件事也拜託你別問了吧，我其實很不好受。」

「既然我是妳男友，妳可以跟我分享心事啊，對吧？我對妳來說，難道只是普通的出版社員工嗎？」

她沒有回答，只是以既抱歉又哀怨的表情看著我。我不知道那時我的心裡，究竟是怎樣一種感受，我只知道我不該繼續問下去。

「好吧，我會想辦法處理，但以後妳就別再跟我提出書的事，好嗎？」我說。

＊長性是朝鮮半島常見的村落界標、地標或守護神，呈長柱型，通常是兩根一組。

她轉身離開了，我沒有挽留她。

我告訴公司，由於作者的私人因素，我們沒辦法繼續出版這本書，代表似乎覺得這沒什麼大不了。他上下打量了我一下，隨後問我們是不是分手了。擅於察顏觀色的代表立即發現到不對勁，便語帶安慰的告訴我既然都分手了，那也不好再繼續出這本書，要我好好替這件事收尾。我覺得不需要特別聲明說沒有分手，畢竟刻意聲明沒有分手，也不能替在姸辯解什麼，反倒會更讓我感到消沉。

爲了告訴她公司同意中止合約的事，我傳了封簡訊給她。時隔一個星期才發的簡訊。我們交往一年來，還是頭一次隔這麼久沒有聯絡，這樣的感覺眞是陌生。她回了一句謝謝，並問我週末要不要見面。

週末碰面時，她一改之前尷尬不適的神色，開心地提議要去濟州島旅行。我說我沒錢也沒那個心情，就拒絕了她。她說她昨天去跟製作人談判，拿到所有被拖欠的月薪，現在不僅能歸還簽約金，也能負擔這次的旅費，要我不必擔心錢的問題。

我告訴她，簽約金可以慢慢還，與其拿那些錢去旅行，不如存起來當生活費。我能感覺到，我這樣的反應傷了她的心。即便如此，我那天依然沒有放下心中的芥蒂。我們依照以往的例行公事，去看了一部新上映的電影，喝了杯咖啡後便分開。

沒過多久，她突然一個人去了濟州島。當時來到這座島上的她，都在想些什麼呢？

回到首爾之後，碰面時她告訴我，她去走了偶來小路、也走訪之前曾去過的山岳，甚至還首次挑戰漢拏山攀登路線。被問到爲何一個人旅行，很多女性都會說是想「整頓」自己的生活。她想必也是因爲日子過得太累，想好好整頓心情吧。面對我這樣優柔寡斷的人，她或許覺得應該要替我做出決定。

「這是給你的禮物。」

她攤開緊握的拳頭，掌心上是一顆有拇指那麼大的石頭。

「這是什麼？」

「火山岩，濟州島是火山島嘛。」

「……別人去濟州島，帶回來的好像都是橘子巧克力吧？」

她看了我一眼，才把目光轉到石頭上。

「我其實沒有想到要帶禮物回來。只是回到家後把我穿去濟州的那雙鞋脫下來，才發現鞋底卡了個東西，就是這顆石頭。我完全不知道它卡在我的鞋底，就這樣帶著它走了好多路。你看，這顆石頭經過一定程度的打磨，現在隱約透著點紅光，不覺得很像寶石嗎？」

我低頭看著那顆火山岩，就像在妍說的，它似乎立刻就會發出紅色的光芒。

「它卡在妳鞋底，妳都不會不舒服嗎？」

「不會啊，而且仔細想想，這傢伙是我旅行時唯一的旅伴，我反倒很感激它。」

「……是喔。」

「來，你要不要收下？」

我接過她手上那顆又小又紅的火山岩，然後收攏手掌輕輕握住石頭，發現重量竟比想像中還輕許多。

「我很珍惜它，你可要好好收藏喔。」

「聽完妳的說法，我覺得這禮物的確很特別，謝謝妳。」

我將她的禮物放進外套口袋裡。

沒過多久，她就跟我提了分手，火山岩是她爲我準備的最後一份禮物。

安迪挑的這輛車，是某個我不認識的品牌推出的進口敞篷車。他操控流線型的方向盤開著車離開停車場，還不忘一邊跟我介紹這輛車的優點，可我實在聽不懂，我在意的只有一件事。

「我們現在又不是去玩，眞不知道你爲什麼要租這麼誇張的車……」

「要說爲什麼……」

正在操作導航的安迪停頓了一下。

「當時我就是跟在妍一起開這輛車到處跑。」

我無話可說。安迪在導航裡輸入的目的地，似乎是某間餐廳。

「那我們現在要去的餐廳，也是你當時跟在妍一起去的嗎？」

「當然啊，我跟在妍在那吃了好好吃的燉白帶魚。」

「……」

「怎麼了？你不餓喔？既然都要吃飯，不如就去當時在妍喜歡的店吃，這樣不是很好嗎？」

我依舊無話可說。究竟是該同意他，還是該立刻下車拒絕前往？至少跳車比跳機要容易多了。

看我的臉色很差，安迪又接著說：

「我跟你說，我退伍後住在光州的時候啊，曾經迷上職業棒球，還去參加球迷俱樂部，俱樂部叫老虎迷。只要有起亞虎的比賽，我們就一定會去無等棒球場團觀。」

「團觀？」

「團體觀賽啦。反正，那時起亞虎的成績很糟糕，但不管是贏是輸我們都開心支持。老虎迷又簡稱虎迷，有一天擔任虎迷會長的那個姊姊突然出車禍死了。她只比我大兩歲，充滿熱情又很愛棒球，真的很照顧我們俱樂部的人……實在是個很好的人……」

「你跟我說這個做什麼？」

「你就聽我說嘛。總之呢，那個姊姊死了之後，我們要去送她，你知道我們是怎麼做的嗎？我們把她的骨灰帶去無等棒球場，就是我們看球賽時常坐的一壘加油席右側。想說一起看一場起亞虎的比賽，然後再送她離開。當然，那天起亞虎也輸了，大家心情都超級差，不過我們都相信姊姊一定很開心。爲什麼？因爲姊姊向來不太在乎球賽的輸贏，姊姊……」

「所以現在要學那個時候一樣，把你跟在妍一起去過的地方都跑一遍，最後再送她走，是這樣吧？」

「你眞是太聰明了。」

「我不要，這是你跟在妍的回憶，我爲何一定要加入？」

前方遇上紅燈，我們停了下來，安迪活動了一下脖子。

「確實是這樣啦……你的意思是不該跟你一起，對吧……話是這樣說沒錯……」

「我們去南海的時候，我也沒說要去我跟在妍去過的餐廳、去看梯田、喝馬格利、爬錦山，我都沒有說喔。只有去海邊而已，去那裡還是爲了送在妍。我們還是好好送走她，別做其他的事。」

我開口反駁，安迪卻突然低下頭，似乎在思考些什麼。信號燈似乎已經轉綠，我聽見後頭的車輛按喇叭催促，只是安迪動也不動。後頭的車輛繞過我們，經過一旁時還不忘狠瞪我們一眼。因爲是敞篷車，所以那樣的視線更讓人難受。最後，安迪才終於轉過頭來看我。

「好吧，既然是朋友，那我這次就讓你。」

「……」

「還是去吃飯吧，總是要吃飯的吧？」

「但吃完飯就要立刻上山。」

我再次強調，安迪也點點頭，然後踩下油門。

車子在漢拏山腳下行駛。左側是高聳的漢拏山若隱若現，右側是遠方有陽光照耀而波光粼粼的海面。強風吹過我們的敞篷車，吹得我清醒無比。我和安迪的糾纏就要在這裡畫下句點，骨灰罈裡的骨灰，也就要送到她最喜歡的地方了。心情輕鬆不少的我，這時深吸了口氣。剛才雖然對安迪講得很無情，但其實我也想多體驗她喜歡的景色、陽光與涼風。

開了大約一小時，我們來到濟州島最西邊的餐廳，吃了燉白帶魚配烤鯖魚。燉白帶魚美味得超乎想像，我更是第一次吃到這麼大條的烤鯖魚。這頓飯美味到我開始有些抱歉，剛才不該跟安迪說要直接上山。我不得不承認，在妍當時肯定非常享受這頓飯。她喜歡吃魚，即使獨自在外租屋，她也經常會買處理起來相當繁複的魚回來料理。在外頭吃到別人爲她準備的美味鮮魚料理，她不知會有多開心。

即便心中這麼想，我跟安迪還是沒有多說什麼，就像在吃供桌上的飯一樣安靜。是因爲吃飯的當下，我們情不自禁地沉浸在與她的回憶中嗎？一想到現在眞的要送她離開，心情就變得無比肅穆。

問題就在我們吃完飯，上車準備離開餐廳時發生。

那是個令人感到荒謬、難以置信的荒唐問題。

是就算把安迪這傢伙宰來吃，都不足以洩我心頭之恨的問題。

他打開導航，正打算輸入那座山岳的名字，沒想到他卻突然像尊銅像一樣僵在那。

安迪說，他想不起那座山的名字。

在妍最喜歡的、

在妍想永遠停駐的、

我們最後想送走她的那座山，

該死的安迪竟然想不起來，那裡究竟叫什麼。

安迪維持著按導航的姿勢，並轉過頭看我。

「你、你記得那座山的名字嗎？」
「什麼？」
「我應該有說過吧？在姸喜歡的那座山，我們現在要去的……」
「這我哪會知道？」
「……我昨天說要來濟州島的時候難道沒說嗎？」
「你沒說。你眞的忘了喔？」
「……」
「快動腦想想，你這笨蛋！」
「這眞的是……因爲那裡很不有名……但去的人還是很多……」
「喂，你這白癡！你到底在講什麼？快點想起來啦！」
「先不要吵啦！你一直逼我，我反而想不起來。」
「……」
我耐著性子，等待安迪那顆轉不動的腦袋盡快暖機，盡快想起那座山的名字。只見他額頭上布滿汗水，雙手不停撥著頭髮喃喃自語：
「是站丘嗎？還是升丘？薩里丘？薩比丘？薩拉里丘？比多美丘？比譚丘？」
哎呀，看他這個樣子，讓我不禁感到燥熱又煩悶。我再也忍不住，便下車去抽菸。

那傢伙瞬間變得像個便秘患者，駕駛座成了馬桶，他只能痛苦地蹲在那裡，用盡渾身的力氣思考。前提是他真的有在思考。我已經抽到第三根菸了，情況卻絲毫沒有進展。他像被懲罰，在駕駛座上一動也不動。好像明明滿腹大便，卻什麼也大不出來。我再也看不下去，便捻熄手上的菸靠到車邊說：

「不是有智慧型手機嗎？查一下應該就能找到了吧？」

「可是啊……我完全想不起來那裡叫什麼，真的一個字也……」

「唉唷，那我們就去幾座比較有名的山就好啦。濟州島不是就跟首爾差不多大嗎？現在去找就好啦。」

那傢伙失望地看了我一眼，嘆口氣說：

「濟州島大大小小的山岳大概有兩百座，光是知名的山就有好幾十座，要一一去找，恐怕得在這裡住上四天三夜。」

安迪就像等待屠夫料理的豬，用可憐兮兮的眼神望著我。是想要我怎樣？我轉身背對他，抽起第六根菸。

我除了情緒上火而渾身燥熱，也被毒辣的太陽曬得受不了。唯一能夠躲避炎熱的方式，就是回到安迪所在的車上。安迪已經將敞開的車頂關上，開著空調舒服地坐在駕駛座。我打開車門坐了進去，涼爽的空調瞬間將我包覆，讓我想到當初在國道邊坐上他車子的事。眞想倒轉時間，要是眞能重來一次，即使體力耗盡昏倒在地，我也絕對不會上他的車。要讓在妍自由？眞是兩個瘋子。我們不過是想再一次擁有她而已。

安迪開始拿起手機搜尋濟州島的山岳，嘴巴唸唸有詞，不斷重複山的名字，好像在咀嚼什麼美食一樣。但在我看來，這樣也無助於他恢復記憶，於是我也用自己的方法開始找答案。

在搜尋欄位輸入「山岳」兩字，卻出現了寄生火山的資訊。後頭的說明表示，在濟州島方言裡，山岳指的是寄生火山，是在一般火山旁邊的小火山。而光是濟州島就有三百七十多座寄生火山，安迪說的兩百座是錯誤情報，這傢伙眞是一點都不值得信任。

我看了幾座比較知名的山，發現下頭還有濟州市區、西歸浦市區、翰林邑、涯月邑、舊左邑、朝天邑等地區分類。雖然我不想跟安迪說話，但還是耐著性子問他：

「大概是在哪裡啊？你知道是在哪個邑嗎？」

「拜託，我又不是濟州島人，怎麼會知道是在哪個邑、面、洞？」

「那不然是在東西南北哪一邊？或是把濟州島當時鐘來看，大概是幾點鐘位置？」

聽我這麼一問，他停下手上的動作，望著空中開始想像一個虛擬的時鐘，一邊扳著手指數數。

「這邊吧？大概是五點方向？過了西歸浦後再往上走。」

很好，有線索了，果然搜尋也需要動腦。我立刻搜尋並開啓濟州島地圖。安迪像在看藏寶圖一樣，伸長脖子看著我的手機螢幕。他說的五點鐘方向，應該是南元邑那裡。我打起十二萬分的精神，搜尋出寄生火山的情報，並點進南元邑的主要山岳，然後一一唸給安迪聽。

「桀瑞岳？」

「好像不是。」

「確定嗎？」

「嗯，我確定。聽到名字我應該就會想起來了，那個名字很特別。」

「那水靈岳？」

「不是。」

「保狸岳？」

「如果是保狸這種奇怪的名字，我應該一開始就會記得吧？」

眞的是這樣嗎？但我決定暫時不去質疑，繼續唸下去。

「兔岳？」

「我確定不是一個字的。」

「資輩峰岳？」

「絕對不是，沒有峰字。」
「紗羅岳？」
「有這種地方喔？好像外國人的名字。」
「是不是啦？」
「不是。」
「那水岳？」
「就說不是一個字的了。」
「馬體岳？」
「好像也不是……」
我把手機往儀表板扔了過去。
「算了，這樣下去就算花一百天你也想不起來。」
我點了根菸，深深吸了一口。安迪不安地查看我的臉色，拿起我丟到前面的手機。我拚命吞雲吐霧表達不滿，一點也不想管他拿我的手機究竟是要做什麼。
那傢伙拿著我的手機研究了好一會兒，接著突然不動了。我正眼看向他，發現安迪已經關掉搜尋視窗，回到我的手機待機畫面。他感受到我的視線，一臉像是發現新大陸一樣，把手機塞到我面前說：

「這個。」

他指著 Facebook 的程式圖案。

「Facebook 怎麼了？」

我一把將手機從他手上抽回來。

「進去在妍的帳號看看吧。」

沒錯，在妍會把旅行的照片上傳到 Facebook。但也錯了，因爲在妍的帳號早就轉爲不公開。她跟我分手之後，立刻就把 Facebook 帳號隱藏起來。

「她的帳號已經轉爲不公開了。」

接著安迪拿出自己的手機，打開筆記軟體開始查看。他這次又想幹麼？我打開窗戶將菸蒂往外頭丟，同時感覺到他戳了戳我的手臂。

回頭一看，他把自己的手機筆記拿給我看，上頭記錄了許多電子郵件帳號和密碼，而我也立刻明白他的意思。

我打開 Facebook 程式，登出我的帳號，並輸入安迪筆記軟體上的郵件地址。那是在妍常用的 Naver 電子信箱，密碼是「w1o9d8u2s」，是幾個英文字母和在妍出生年份的組合。輸入密碼後按下確定……眞的成功登入在妍的帳號了！我轉頭看向安迪。

「你怎麼知道她的密碼？」

「這不是基本的嗎？怎麼可以這麼不關心自己另一半的私生活啦？」

「什麼？就算是在交往也不能交換密碼吧？這是隱私耶……」

「哎呀，我們又不是洋鬼子，情侶之間講什麼隱私，笑死人了。」

「好吧，但密碼是在妍自己告訴你的嗎？」

「這個嘛……」

「是嗎？」

「是、是啦，怎樣？」

你才笑死人了，在妍才不會把密碼告訴別人。他肯定是偷看到密碼，或是根本用湊的去把密碼湊出來。我們一般會稱這種行爲叫駭帳號或侵犯私生活。

不管怎樣，我還是先看起在妍的帳號。她最後一篇貼文是去年四月，雖然帳號並不公開，但一直到那時，她都還是持續發文、上傳照片。那熟悉的文字以及充滿她個人風格的拍照方式，狠狠撼動我的心。安迪探頭過來，說他也要看。我問了他們去濟州島的時間，安迪說大約是四年前，是在妍剛開始用 Facebook 的時候。

我將畫面往下拉，我們一起緊盯著手機螢幕。她的 Facebook 頁面上，四處都是濟州島各地的風光。有些照片像我們剛才吃的燉白帶魚，也有些是放在盤子上，擺得像花一樣美的鰤魚生魚片。有些照片是城山日出峰的景色，還有低矮的黑色石牆。當然，也少不了溫馨可愛的咖啡廳與鮮紅的燈塔。

這麼多的照片中，唯獨少了山岳的照片。但我還是注意到某一張，一看就知道是在山上拍的。那張照片裡不僅有開闊的濟州草原，還能遠眺到海灘與一望無際的大海。只是照片沒有附上任何說明，一如在妍沉默寡言的個性，因此看不出究竟是在哪拍的。我遺憾地將畫面重新往上拉，但就在這時，安迪高喊出聲。

「這裡，這間咖啡廳！我們爬上去之前有先進去這裡！」

我停下手上的動作，點開他說的那張照片。占地只有一層樓的咖啡廳外頭，鵝黃色牆面上開了兩扇大大的窗戶。窗戶與窗戶間擺了兩張小小的鐵椅，一旁淡綠色骨架的腳踏車，像個擺飾配件一樣停在店門口。但光靠這些東西，我們也不可能猜出是哪間咖啡廳。

「這咖啡廳叫什麼名字？」

「……」

「也是啦，你都忘記山岳叫什麼了，哪可能會記得咖啡廳的……」

「那裡！那裡不是有招牌嗎？有看到吧？」

安迪像是發現什麼稀有的千年人蔘一樣大喊。他手指著照片裡咖啡廳的門口，左邊確實掛著一個小小的白色正方形招牌。我再次點擊那張照片，然後放大，特別去看白色招牌上寫的字。安迪跟我拚命盯著手機螢幕，試圖辨識出白色招牌上的字。上頭只寫了一個字——洵。

這名字不常見，我們有勝算！

我立刻搜尋「濟州，洵」，隨後立刻出現與「貢全浦『洵』咖啡」有關的部落格文章。我點進其中一篇去看，並找出部落格主貼的「洵咖啡」的全景照片。那張照片，確實就跟在妍Facebook上的照片一模一樣，賓果！

我轉頭看安迪，發現他已經在導航輸入「洵咖啡」幾個字。真乖，只希望他腦袋轉得也能有這麼快。

安迪彷彿一刻也不能等，立即驅車跟著導航的指示上路。洵咖啡所在的貢全浦海灘，確實就在濟州島的五點鐘方向，也在南元邑，就是安迪口中那座山岳的所在地。我這才感覺終於掌握到一點什麼，心裡比較踏實。

看了一下導航，從位在西海岸的餐廳前往東南角的洵咖啡，大約需要一個小時又十九分鐘。我問安迪那間咖啡廳離山有多遠，安迪很有自信地說，去到咖啡廳後問問附近有哪些知名山岳應該就能找到。他笑容滿面，但我實在笑不出來。安迪踩足了油門，像要讓我知道這是一輛貨真價實的跑車一樣，全力奔馳著。

一如我們在照片中所見，洵咖啡有兩扇很大的窗戶，能夠看到海，視野非常好。海邊令人印象深刻的黑沙灘上，許多前來避暑的家庭遊客正在戲水。四周幾乎沒有商店跟其他設施，人潮也不多。

這片名叫貢全浦的海灘，確實是個好地方。

就像逍遙海岸過去的模樣，只不過沙子的顏色是黑的，海水的顏色也跟那裡有些不同，但確實跟讓我和在姸都感動的那片海有相似之處。

安迪正在跟咖啡廳老闆和客人打聽山岳的事，我雖覺得這麼做只是白費力氣，卻也沒阻止他，只是坐在那扇窗前看著大海。

她曾經在沙灘上走著。在前來避暑的遊客之間，在姸穿著一身不合時宜的連身長洋裝，微微回過頭看了我一眼，隨後繼續往海裡走去。我知道那就像清醒夢一樣只是幻影，因此一動也不動，只是靜靜看著她的背影，直到她消失在海面上。分手後，前女友的背影總是瀰漫著如陰影般的悲傷。

最後一天，我們在三清洞的咖啡廳跟彼此揮手、道別。我往仁寺洞方向，她往正讀圖書館方向，我們各走各的路。壓抑著湧現的情緒，我頭也不回地走進通往昭格洞的路。

我在鐘路警察局對面上了公車，車子往景福宮方向開的時候，我透過車窗看見她走在人行道上的背影。怎麼回事？她明明說要去正讀圖書館啊……我搭的公車很快超越了她，她的背影就這麼消失在我的視線之中。不在原本說要去的地方，而是在另一條街上的背影，就是在妍留在我記憶中最後的模樣。

我偶然看到她的背影，她會知道嗎？我家住在延熙洞，當通往我家的公車經過她面前，她會想起我嗎？在公車上意外看見在妍的畫面，後來也一再以慢動作在我腦海中重播。至今仍不斷在不同地點、以不同形式重現。

我感覺安迪厚實的手搭在我肩上。這個心直口快的傢伙，竟然用這種方式來安慰我？我放下最後一絲希望，仰頭將杯中冷掉的咖啡一飲而盡。空調強力的冷風吹著我的頭頂，安迪則嚴肅地站在我面前。

「不行，我想我們得去機場旅遊服務中心問問看，你覺得怎樣？」

要去旅遊服務中心問什麼？我自暴自棄地看著安迪。他似乎看出了我的想法，也跟著嘆了口氣。就在這時，電話響了。

是出版社代表，該來的還是來了。我走到咖啡廳外的海岸道路上，深吸了一口氣才接起電話。

「是，代表。」

「有好好休息嗎？」

他愉快的聲音裡藏著對我的挖苦，這就是他平時說話的語氣。

「對不起。」

「沒關係，就當成是去放暑假吧。」

「我明天就會去上班。」

「沒關係，你就放五天四夜，明天也好好休息，後天再來吧。話說回來，金組長說你把她整慘了，這是怎麼回事？」

原本還想說就這麼蒙混過關，沒想到最後代表又給了我重重的一拳，眞是一點都不意外。

「我回去後會好好向她道歉。」

「這你們兩個自己解決。不過金組長說啊，本來以爲苦組長突然曠職，會對公司業務造成嚴重的影響，沒想到一點影響都沒有。我倒是不這麼想啦……總之，如果你不在公司也能正常運作，那就表示很有問題，對吧？」

「對不起。」

「我不是希望你跟我道歉。一個上班族啊，而且還是已經當到主管的人，能一直把道歉掛在嘴邊嗎？」

「不能。」

「你回來之後一定會做一些處置。道歉就表示你認錯，犯錯就需要付出代價。」

「是，我知……」

我話都還沒說完，電話就掛斷了。只顧著說自己想說的話，說完就掛電話的習慣也很像他。

但這樣算是很幸運了，代表沒有用難聽的字眼罵我。自從公司逐漸擺脫社區小出版社的處境之後，代表就開始會顧及自己的形象，當然一方面也是因爲黑臉都是金組長在扮。

無論如何，多虧代表，我多賺到一天休假。但到了明天，一定能夠找到送走在妍的地方嗎？跟這個身材跟智商都媲美猩猩的傢伙，有可能嗎？我又抽起了菸。

我邊抽菸邊在海邊走著。雖然大家因爲我抽菸而不停對我行注目禮，但我一點都不在意。我當初應該跟在妍一起來的，我們應該一起抽著菸在海邊散步，一起迎著風走進附近的餐廳，隨便點些什麼來配酒。那不知究竟在何方的山，也應該是我跟在妍一起上去才對。如果當初有這麼做，就不會發生想不起山岳名字的事。當無法共享喜悅的時候，當我們體認到這件事的時候，才會眞的感受到那個人不在了。更何況那是對方所喜歡的事物，感受自然更加強烈。

迎著涼爽的海風，我回頭往咖啡廳的方向走，突然注意到一間叫貢全浦的餐廳，那裡賣著各種水拌生魚片。點一碗清涼的雀鯛水拌生魚片配上一杯燒酒，是不是就能忘記她？我想反而會更思念吧，會更希望跟她喝一杯當時沒能共享的燒酒。我熄了菸，走進咖啡廳。

一進到室內，發現安迪面前坐了一個人。坐在我位置上的女孩留著西瓜皮髮型，看起來像是大學剛畢業，她帶著一臉淘氣的笑容跟安迪有說有笑。我走上前去，她很自然地看了我一眼，隨後便起身把位置讓給我。我坐回椅子上，那個女孩子則坐到安迪身旁。

「聽說你們在找某座山岳，我想分享我知道的情報。」

女孩像是在跟上司報告工作進度一樣，簡述目前的情況給我聽。

「她說，除了山岳之外還有很多不錯的地方，我們不必堅持一定要找到。仔細想想，她說的也沒錯。」

「妳是濟州島人嗎？」

「我是首爾人，來到島上已經兩年了。我在這裡經營民宿，還有……」

「還有什麼？」

「剛才你們進來的時候，我就覺得有點奇怪了。還納悶怎麼會有人在度假的季節穿西裝來到這裡……而且你們看起來很嚴肅，也不像是來度假的人。總之，就是覺得有點好笑。」

「好笑？」

我有點受傷，板著一張臉問。

「對啊，感覺像什麼奇怪的搭檔，有點像《ＭＩＢ星際戰警》，又有點像搞笑藝人拍檔。」

「你知道我們來這裡是爲什麼嗎？有什麼好笑的？」

我非常嚴肅，這個女孩子只是面露不愉快的神色，卻沒有起身離開。她到底想怎樣？這時，老闆送來冰美式咖啡和冰巧克力。她迫不及待拿起冰巧克力大大吸了一口，隨後露出滿足的微笑。她也太無恥了吧？

「別人請的東西，沒有理由不喝。」

她對安迪舉起手中的冰巧克力笑了一下，我實在是啼笑皆非，安迪卻說要我也去點個飲料來喝。不必了，我現在只想喝燒酒。

安迪抽起冰美式咖啡裡的吸管，杯子就口三兩下就喝光了。

「總之呢，她的意思是說，我們也不必一定要找到那座山。這附近有很多海灘，還有很多很不錯的森林，要我們看看有沒有合適的地點，也是一個不錯的選擇。」

「你眞的認爲這是爲了在姸好嗎？」

「沒有啊，就只是想說可以試試看。妳剛說什麼？失聯岳林道？」

安迪像在搬救兵，轉頭問他身旁的女孩。

「是思連岳林道。思連在濟州島話裡面是神聖的意思。那片森林占地很大，樹也都非常高大，還有一條長又幽靜的路通往森林深處。」

女孩臉上的表情依然是誇張的開朗。

「妳真的知道我們是來做什麼的嗎？」

「聽說你們是來送朋友最後一程的，我覺得這真的很酷。」

「妳知道是怎樣的朋友嗎？」

「應該是對你們來說很重要的朋友吧？我想……剛才你是說在妍嗎？等等……在妍的話……是女生吧？」

她瞪大眼睛，一下子對在妍的身分有了興趣，真愛多管閒事。她跟衝動的安迪很像，兩人或許很合得來，但跟我可不是。

我按下心中的不耐，轉頭看向海面，試圖行使緘默權。女孩轉頭看向安迪，我能感覺安迪一直吞口水，似乎是正在思考要扯什麼謊帶過這個話題。

「就是……在妍……其實不是朋友啦。是我太太，然後……是他妹妹。」

我嚇得眼珠都差點要掉出來了。我用一副要殺人的態度瞪著安迪，安迪卻努力保持冷靜，不斷迴避我的視線。

「那……那，心情確實是會很沉重啦，我懂。」

女孩的態度似乎收斂了一些。

「雖然不能說我理解你們的心情，但……過世的那位，她應該還是會喜歡你們的選擇。畢竟是爲了送自己一程，自己的先生跟哥哥才會這樣大老遠跑來濟州島啊。」

「既然是家人，這也是理所當然的。」

安迪繼續說謊，卻讓我很不耐煩。但我緊皺的眉頭看在那女孩眼裡，似乎是沉浸在悲傷中的一種表現，只見她對我投以同情的目光，這讓我心情更糟了。

她繼續跟我們介紹思連岳林道。那條步道貫穿整座森林，長約十五公里，應該能夠找到一個沒人的地方。她大力推薦，說是濟州島才有的蒼鬱自然林，還說如果在妍喜歡濟州，這裡肯定是個不錯的選擇。安迪看起來好像被說服了，但我還沒有。

「在妍來濟州旅行了兩次，但就我所知，她從來沒去過什麼森林步道。如果她喜歡那裡，肯定會去那樣的地方走走。」我說。

「既然她沒去過，現在送她去不是很好嗎？」女孩說。

「要不要先去那裡看看再決定？」安迪說。

我覺得沒必要再說下去了。好渴。我起身往外走。

不知不覺，下午的熾熱陽光逐漸轉爲傍晚溫柔的夕陽。我往貢全浦餐廳走去。就像昨天跟前天那樣，需要酒精的時間到了。這段令人費解的旅程只要繼續下去，我似乎就離不開酒精。我注意到安迪和那女孩一起離開咖啡廳，兩人都跟在我身後。我頭也不回，只是筆直地朝貢全浦餐廳走去。

我點了水拌雀鯛生魚片和小魷魚水拌生魚片，但菜都還沒上桌，我就先喝起了燒酒。我的態度讓他們兩人有些坐立難安，只能兩個人互相倒酒、互相乾杯。剛開始他們還想邀我乾杯、替我倒酒，但看我一言不發地猛喝，他們便開始自顧自聊了起來。我默不作聲，一邊聽他們聊天，一邊看著夜幕低垂的海面。

水拌生魚片上桌，安迪忍不住讚嘆。女孩則擺出趾高氣昂的態度，像是在炫耀自己居住的地方就有這樣的美食。我喝完杯中的酒，拿起餐具弄了點水拌生魚片來吃。清爽的醬油風味湯頭，香甜之餘又隱約散發大海的氣息，眞是美味。也是這樣的美味，讓我覺得鬱悶的心情終於有些緩解。

這個女孩名叫美秀，她自稱得了「濟州病」。今年二十九歲的她，當年毅然決然辭去工作來到這裡經營民宿，現在則在學美甲。安迪介紹自己是名創業家，現在是連鎖健身房的經營者，也正在構思連鎖的虛擬騎馬體驗事業。見美秀很認眞聽自己說話，安迪像是遇到知音，一下就打開了話匣子，跟她天南地北聊了起來。看來，安迪的虛張聲勢和美秀的愛管閒事還眞是一拍即合。

從充滿灌水成分的個人事業開始，聊到我們突然決定跑來這裡的經過，說謊大王安迪簡直是辯才無礙。

「總之……困在靈骨塔裡肯定很難受。她那麼喜歡旅行耶！她總是對新事物有強烈的好奇心……結果居然這樣被關起來……所以我才會跟他一起決定要放她自由。他同意我的提議，我們就當場去把塔位打開，把她的骨灰帶出來。」

「你們沒跟靈骨塔的人說嗎？也沒跟她爸媽說嗎？」

「哎呀，妹妹啊，這種事我們不會一一去通知啦，當然是我們想做就去做啦。」

「天啊，傻眼，這樣眞的可以嗎？」

「哪有什麼不可以的？對吧？」

安迪自信滿滿地對我做了個表情，我卻搖了搖頭。看著安迪努力忽視我反應的樣子，我繼續喝著酒。新的燒酒上桌，那個叫美秀的女孩替我倒了杯酒。不知不覺間，太陽已經完全下山，夜晚海濱的靜謐將海浪聲襯托得更加清晰。浪潮聲似乎使我醉得更快。在這令人愉悅的微醺感之中，我思念著在妍。在這個與南海神似的海邊，她肯定曾經短暫停留。雖然時空不同，我卻覺得此刻她跟我在一起。

美秀邀我乾杯，我沒有理會，一個人喝光了酒。她吐了吐舌頭，轉而跟安迪乾杯。雖然她長得像個國中生，沒想到還挺能喝的。有那麼一瞬間，我在她身上看到在妍的影子。讓我想起了不疾不徐靜靜坐著，不停將酒杯清空的在妍；像把聽人說話當成自己的工作一樣，總是專注傾聽他人的在妍；遇到自己感興趣的人，會毫不猶豫上前搭話的在妍。跟眼前這個女孩不同，以另外一種方式與別人拉近距離的在妍，我眞的好想她。

說話聲突然消失，我抬頭一看，只見美秀正在安迪的小指上不知畫著什麼。仔細一看，發現她是在替安迪做美甲。她的動作十分輕巧，轉眼就在安迪的指甲上畫出蠟筆小新。安迪看著自己的小指，似乎非常滿意，開心地要美秀再多點些自己想吃的東西。美秀點了鮑魚水拌生魚片。

「所以妳就辭職不幹了嗎？龍星集團耶！」

「我做不下去了啊。」

「但好歹是大企業耶！」

「大企業的員工就是奴隸啦。」

安迪拚命鼓掌，還伸手要跟美秀擊掌，美秀也很配合。

「所以我從來沒有去一般公司上過班，我覺得人就是應該要做自己的事業。所以才有個成語叫虎頭蛇尾啊，我們不要當老虎的尾巴，要當蛇的頭，對吧？」

「哇，你眞的是……」

「怎樣？」

「他原本就這麼笨喔？」

美秀轉頭問我，我點頭。

「哎呀，妳不也是因爲這樣才來經營民宿，當了蛇頭不是嗎？」

「什麼蛇頭啦，我只是旅館的老闆，而且濟州島其實也跟以前很不一樣了……我覺得我該離開這裡了。」

「濟州島已經是韓國最南端了，是還要去哪裡？」

「又不是只有韓國才有住人。」

「喂，妳這樣就不對囉。妳聽大哥說，沒有地方比韓國更好啦，只要認眞努力打拚……」

「我很認眞努力打拚啊。我拚得要死要活才考上高麗大學，然後進到大企業拚老命工作。每次選舉都會去投票，也會乖乖繳綜合所得稅和地方稅。如果我是男的，肯定也會乖乖去當兵。我家本來就窮，所以我不想努力也不行啦。」

「那妳離開這裡以後，妳爸媽要怎麼辦？」

美秀悶悶不樂地看著安迪。

「你知道我說我要搬到濟州時，我爸媽說什麼嗎？他們說我搬出去住會讓他們很擔心，叫我不能搬走……不是啊，其實我都知道，我在家他們日子才會過得比較舒服。所以我就說啦，要他們兩個也學著獨立，別想著要靠孩子養。如果是想著以後要靠我養才把我養大，那根本沒有資格當父母。」

興許是有些醉了，美秀說話越來越大聲。安迪一臉驚訝地看著她，似乎是想要訓斥美秀，但又不知道該說些什麼，只能轉頭看我。而我一點都不想理他，安迪雖然氣不過，但也只能喝酒解氣。美秀看著安迪，像是在告訴他有本事就來吵，看誰會贏。真好笑，感覺真正的拍檔不是我和安迪，而是安迪跟這個女孩。

「美秀啊，大哥給妳一個忠告。妳這樣下去呢，以後會後悔的。人生很長，妳現在還很年輕，妳剛剛說妳是一個人住吧？等以後年紀大了生病就知道，妳會需要家人的幫忙，也會懷念這個熟悉的國家。妳現在只是想逃避現實而已，去到國外會更辛苦。」

「去到國外會更辛苦？你有在國外生活過嗎？」

「我喔，我去過日本……也去過塞班島……還有……」

「是泰國、菲律賓、香港之類的地方吧？」

「哇，妳怎麼知道？看得出來喔？」

「像你這樣的人，不用猜也知道。不是啊，你都是去這些地方玩的吧？是對那個地方有多了解，怎麼能說去那邊生活會很辛苦？」

「好啦，就當作我不了解外國好了。眞要說的話呢，我經營過事業，年紀也比妳大啊，眞的沒有哪個地方像我們國家這樣，只要認眞打拚就會有回報……」

「回報？你現在眞是睜著眼睛說瞎話耶，國家有爲我做什麼嗎？一天到晚要我們競爭、讓我們爲了討生活這麼辛苦，政府那些高官就趁機貪汙，只顧著自己開心。」

「哇，沒想到妳這麼偏激。這樣會有人說妳是政府的奴柴喔，妳要小心！」

「你才是政府的奴才啦！不是奴柴，是奴才！」

美秀不甘示弱地回嘴，安迪說不過她，只能無奈地搔搔頭。安迪說教失敗，我卻覺得他有點活該。安迪拍了拍我的肩膀。

「你那麼聰明，你來講幾句話吧。」

「她說的沒錯啊。」

「你又是怎樣啦？」

美秀得意地看著安迪，並替安迪跟她自己倒了杯酒。兩人乾杯的時候，我看見安迪手上的蠟筆小新正在跟我打招呼。

「美秀，妳是爲了拿到其他國家的永久居留權才學美甲的嗎？」

「對啊，我出國以後想先靠美甲工作穩定生活。」

「然後呢？」

「然後我想開始畫畫，不是在指甲上，是畫在帆布上。」

「這想法很不錯。」

說完之後，一股莫名的罪惡感驅使我再度清空酒杯。

「就在這裡畫吧，在濟州島畫漢拏山、城山日出峰，這樣不是很好嗎？」安迪說。

「在這個國家，只要有人說要當藝術家，大家想到的第一件事是擔心吃不飽，或是會嘲笑這個決定，我根本不想畫這個國家的風景。」

美秀爽快地說完，便一口氣乾了杯中的酒。安迪氣呼呼地看著美秀，但還是不忘替她倒酒。我坐在椅子上，找了個舒服的姿勢看他們鬥嘴。突然大腦像是保險絲燒斷一樣，瞬間刺痛了起來。是偏頭痛？宿醉？還是差不多要斷片了？我仰頭再乾了一杯，彷彿這樣能夠止住頭上傳來的抽痛。

美秀再度邀我乾杯，剛才還大聲批判這個世界的她，此刻帶著歡快的笑容對著我舉起杯子。她們好像啊。這個想在大帆布上作畫的女孩，讓我想起提到電影便會無比悸動的在妍。

「她是做什麼的啊？」美秀一邊替我倒酒一邊問。

「妳問這個幹麼？」

連我自己都聽得出來，我的語氣充滿防備。見我這樣的態度，美秀委屈地嘟起嘴。
「在姸是作家。」安迪說。
「哇，她是寫什麼的啊？」
「電影劇本，也有小說。還算有名啦，但她工作不太順利，所以壓力也滿大的。」
「……」
「唉，都是我的錯，都是我。」
「聽起來你也很忙啊，不要太自責了啦。」
安迪哭喪著臉，好像下一秒就要立刻放聲大哭。爲了轉換氣氛，美秀笑著問安迪：
「話說，你跟你太太是怎麼認識的啊？我看你和她兩個人差異很大耶……」
「這我同意，我眞的再也找不到在姸這樣的女孩了。其實她在我經營的健身中心兼職教瑜伽。雖然她看起來是有點柔弱啦，但她有瑜伽師資證照，給人的印象也很好，所以我就雇用她了。沒想到她其實個性很堅強，教得也很好。後來教職員聚餐時，我就問她正職是做什麼的，她才跟我說是作家。說到作家，我只會想到徐廷柱、金東仁這一類的，所以眞的嚇了一大跳。當時我心想：『什麼啊，這個人居然……』總之，我覺得很神奇，所以就對她更有興趣了。」
「那你們是怎麼開始交往的？是你主動嗎？」

「當然啊，我就一直表示我對她有意思，邀她跟我出去約會。結果妳知道在妍跟我說什麼嗎？」

安迪一邊問美秀，還一邊回頭看了我一眼。我盯著他看，卻默不作聲。美秀非常好奇，安迪興高采烈地開口說：

「她說：『如果不跟你出去約會，你就要解雇我嗎？不會吧？』哈哈，我就很酷地說這兩件事沒關係。然後在妍就跟我說，其實她想跟我約一次會看看。但因爲怕被我拒絕，工作時遇到彼此可能會尷尬，所以她一直沒有開口。」

「所以你成功了。」

「不，她沒有答應跟我去約會。」

「咦？爲什麼？」

「她說她每一段戀情，都一定要她主動才會順利。如果對方主動，那她就不要。這結果還眞是有點意外，我當下不知道爲什麼就臉紅了。結果在妍就笑我說，我怎麼可以把話講得那麼酷，但是又露出這種害羞的表情。」

「她還眞是會撩人。」

「沒有啦，她只是喜歡開玩笑而已。」

安迪的目光不知何時落在我身上，似乎是要尋求我的同意。我努力露出微笑，但不知是醉了還是太累，只有顴骨的肌肉微微抽動。

「她很喜歡開玩笑，喝了酒會變得很有活力。還會把別人喝醉的樣子拍下來，等對方清醒了再拿給人家看。她就像個小小的玩偶，讓人想放在口袋裡隨身帶著走……」

安迪的聲音越來越小，而在妍的聲音卻在我心中重現。安迪實在把她的模樣、她的一舉一動描述得太生動。他居然把在妍說得這麼活靈活現……讓我好愧疚，好像是我把在妍從他身邊搶走一樣。敏感的情緒與憤怒從我內心深處湧現，難以克制地流瀉出來。

安迪花了點時間平復情緒，然後才抬起頭來。

「我是不是太激動了？抱歉，我只是……」

美秀開始安慰安迪。

「……不，然後我就……然後我就放棄了。因爲我也不是那種會抓著女生苦苦糾纏的人……可是隔週，在妍突然跑來問我晚上要做什麼。說如果沒事的話，要不要跟她去約會？而且又強調說她主動邀約才會有好結果……一想到她爲了約我出去準備了一個禮拜，就覺得她眞的好可愛。然後我就立刻答應了，說要跟她約會，後來就交往了。」

「然後你們就結婚啦，確實是好結果。」

「是……嗎……？」

「當然。」

安迪轉頭問我：

「是啊，是這樣吧？」

「不要再說謊了。」

安迪跟美秀同時轉頭看我。

我再也受不了了。

「在妍不是我妹妹，也從來沒跟他結婚。」

美秀一臉疑惑，先是看了看我，又看了看安迪。安迪則用責備的眼神看著我。

「……所以你們一直在騙我囉？那這個女的到底是誰？」

「她以前是我女友，也曾經是他女友，可以了嗎？」我不耐煩地說。

美秀愣在原地，整個人動也不動。安迪則氣沖沖地看著我。

「哇，也太酷了吧。」

美秀露出詭異的笑容。

「超酷的耶，那你們雖然是情敵，但還是爲了埋葬自己的前女友，一起來濟州島旅行囉？」

「很酷？」

我感覺大腦裡的保險絲已經燒斷了。

「對啊，超酷的。女生要是知道，肯定會很開……」

我不自覺地拍桌子站起身，來回看著被我嚇了一大跳的安迪與美秀。我說：

「超酷的？酷你媽的酷！在姸根本他媽的超不酷，連自己的作品都弄不好，一個人關在租屋處孤獨地死掉。超他媽孤單，超他媽淒涼，懂嗎？」

我大聲咆哮，美秀一言不發地低下了頭。

安迪站了起來，怒氣沖沖地直瞪著我，而我站在原地，想走卻一步也走不開。我撐在桌子上的手在顫抖，心跳聲大到連自己都聽得一清二楚。我激動得不知如何是好，只能不停喘著氣。

餐廳裡的人都在偷看我們。美秀依然低著頭，沒有任何動作，安迪則拉著我的手臂要出去，但他的手一碰到我，反而讓我更加火大。酒精一下子衝上腦門，助長了憤怒的火苗。當下，我覺得我甚至能肆無忌憚地在高速公路上橫衝直撞。

「你知道在姸爲什麼會死嗎？」安迪問。

「拜託，我當然知道，少廢話。」

安迪再度施力握緊我的手臂。

「你懂什麼？」

提出這個問句的同時，我也毫不畏懼地迎上他的目光。安迪一臉不解地看著我。

「你不是問過我，爲什麼不幫在妍出書？」
「對。」
「在妍之所以出不了書，都是因爲某一個人。」
「不就是你嗎，混帳！」
「分手的時候我問了她，爲什麼會決定不出書。」
「然後呢？」
「在妍說，那部小說是用她之前寫的劇本修改而成，可是那劇本的合約問題有點複雜，所以她沒辦法出小說。」
「什麼？是因爲合約？」
「在妍說到這裡，我大概就猜到事情的全貌了。」
安迪的眼神開始動搖。
「說不定，你跟我對在妍來說，都不過是她生命中的過客。」
「這又是什麼意思？」
「除了我們兩個之外，她還有別人。那個人比你更早認識在妍，後來也繼續跟她見面。」
「這是什麼意思？那個人是誰？」

安迪怒瞪著我，散發出我只要一說錯話就要當場殺了我的氣勢。

「你這蠢蛋，就是有這樣一個人，是他阻止在妍出書的！」

「那到底是誰啊？混帳！」

「知道有什麼用？你要去報仇嗎？白癡，在妍已經死了，你還騙今天才認識的女生說在妍是你老婆，幹麼呀？」

安迪的表情瞬間僵住。

我掀翻桌子，頭也不回地離開餐廳。

來到外頭，自漆黑大海吹來的風拍打在我臉上。我漫無目的地往海邊走去，走過了柏油路，來到此刻顯得有些冷清的沙灘上，我能感覺到我的皮鞋踩在沙上的聲音。後頭傳來安迪叫我的聲音。

「喂，臭小子，給我站住！」

我沒有理會，而是繼續朝海邊走去。一下下就好，我想讓自己泡在海水裡。但沙灘就像沼澤，拖慢了我的步伐，我連抬腳的力氣也沒有，只能跌坐在沙灘上。

我凝視著大海，用盡力氣想爬起來，卻瞬間雙腳離地。體溫像火堆一樣燙的安迪來到我身旁，一把將我拉了起來。他讓我站直，並揪著我的領子，整個人就像濟州島機場前的長性，直挺挺地看著我。我嘗試掙脫，卻動彈不得。無論如何使力，都只能在他壯如樹幹的手臂上留下淺淺的刮痕。

我只能用盡力氣瞪他。

他憤慨地俯視著我，大聲喊道：

「說！王八蛋！是誰？是誰害在妍變成那樣？說啊！」

「夠了，事情都過去了……」

瞬間，我整個人再度騰空，天地徹底倒轉過來。如果是柔道比賽，這應該能獲得「一本」＊吧。我整個人轉了一圈倒在沙灘上，安迪全身坐了上來，用雙手壓制我。

「說，是哪個混帳？」

「你憑什麼命令我？」

安迪用頭撞了我的額頭，我的頭有一股悶悶的痛感。

「這是我最後一次問你，快說。」

「……」

見我痛苦又苦惱地皺著眉，那傢伙試著深呼吸緩和自己的情緒。我看準這一刻，往他肚子揍了一拳將他推開，一把抓過他的腿張嘴咬了下去。

「啊啊啊啊！」

我丟下抱著腿痛苦大叫的安迪，拔腿往海邊跑去，毫不猶豫地走進海水裡。一股陰森的寒氣湧了上來，但我依然繼續走著。水深及膝，我開始向前跑，卻一不小心失去重心，向前趴進海水裡。我翻身讓自己仰躺，身體浮在水面上。

安迪像在刑求犯人，把我的頭按進水裡再拉起來。我被海水嗆得暈頭轉向，但還是能聽到安迪的追問聲在耳邊繚繞。我拚命想掙脫他，但因爲人在水裡而難以施力。安迪卻與我恰恰相反，有如不壞金剛般直挺挺地站著，不停將我的頭按進水裡。就在我覺得這樣下去可能會死的瞬間，他再次把我拉出水面。

「說！到底是誰？」

「幹……就是有這樣一個人啦……導演。」

「導演？哪個導演？」

「有一個叫在妍寫劇本的導演，是那傢伙玩弄在妍！都是因爲那傢伙！」

「那我爲什麼不知道？爲什麼？」

「因爲你太遲鈍了，再不然就是你忙著劈腿沒發現。在妍和你交往之前，就一直跟

＊柔道比賽中的最高得分，選手拿到「一本」時即贏得比賽。

那傢伙有牽扯。跟我交往的時候，還有分手之後，也一直沒有跟他斷乾淨！」

我趁著安迪陷入慌亂時一把將他推開，轉身往岸上走去。那傢伙卻從後面追上來，往我的後腦重重打了一下。我摔倒在沙灘上，他在身後大喊：

「王八蛋，你怎麼現在才告訴我？你這個沒義氣的混帳！你以爲我跟你一樣嗎？我會報仇，你就等著看我會不會！」

我好不容易才爬起來，並用盡全身的力氣朝安迪衝去。奮力將他撲倒後，我們一起倒在沙灘上，對彼此不斷拳打腳踢，誰也不肯放開誰。這時，我們聽見警車的警笛聲，接著是帶著雜訊的廣播聲。

「那邊的兩個人！立刻停下！快住手！不准動！」

警察手電筒的燈光不知何時來到我們面前，刺痛著我們的眼睛。

我們得跟警察去一趟警局。警察說既然接獲報案，他們就必須進行調查。報警的人是美秀，都是因爲她雞婆才會發生這種事。不曉得她是不是也感到有些抱歉，只見她坐在派出所角落等我們做筆錄。安迪臉上有許多抓痕，眼睛也腫起來。而我則用衛生紙塞住不斷流血的鼻孔，被安迪按進水裡的頭也還隱隱作痛。即便如此，我也並沒有特別氣安迪。打了一架，我的酒也醒了，心情反倒很輕鬆，我想他也跟我差不多。在我做筆錄的時候，安迪應該是有些睏了，只見他連連打瞌睡。警察好像覺得跟我比較能溝通，因此先爲我做筆錄，詢問我事情的原委，接著才把安迪叫醒。

「姓名。」

「姜並俊。」

「姜並俊先生，身分證字號是多少？」

「860710-1053625。」

什麼？我大吃一驚，轉頭看向安迪。正在打哈欠的他，也正用眼角餘光瞄我。860710？安迪感受到我的視線，立刻將目光轉回警察身上，專心聽著警察的提問，而我則死命盯著他看。一九八六年生？這個小我四歲的傢伙，居然敢假裝自己跟我同年？離開警察局之後，我搞不好會再跟這傢伙幹一架。

只是一踏出警察局，別說是幹一架了，我整個人累到不知該如何是好。跟肌肉發達的安迪這樣扭打，我不僅雙腿發軟，渾身上下更是痛得不得了。安迪拖著步伐往我這裡走來，並掏出香菸給我，我們一起抽了根菸。

一輛車開到我們面前，窗戶搖了下來，是美秀坐在裡面。

「上車吧。」

上了美秀的車，我們前往她開的民宿。她帶我們到一間只有四坪大的房間。其他房間都是上下鋪的宿舍房型，只有這間是打地鋪。空調已經先開好了，房間非常涼爽。美秀拿了牙刷、牙膏和毛巾來給我們，說：

「眞抱歉，我讓事情變得這麼複雜。今天就不收你們住宿費，好好休息吧。」

美秀離開之後，安迪將牙刷、牙膏和毛巾往角落丟去，一下趴在鋪好的棉被上。他不知是不是一趴下去就睡著了，整個人一動也不動。而我也決定先不洗澡，直接關燈躺下來睡覺。

一躺下來，才發現一點睡意也沒有。身體很疲憊，精神卻非常清醒。空調的風很強，讓我覺得有點冷，我伸手將推到一旁的被子拉起來蓋，還不忘替安迪也蓋上被子。那傢伙似乎還沒睡著。

「喂。」

見他沒回答，我戳了戳他的肩膀。

「……幹麼？」

「明天一定要送在妍走喔。」

「好。」

「剛才那個女生說的森林，就去那裡吧。送完她就立刻離開濟州島，回去各過各的。」

「好……」

不知是嫌煩還是睏了，安迪的聲音越來越小。

「還有，你謊報年齡，對吧？」

「好……沒有啦，雖然身分證上是那樣……」

「好了啦。」

「我小時候身體很不好……爸媽說他們不知我何時會死……」

「不要說了啦！」

「嗚嗚。」

「好了啦，睡覺啦。」

仔細想想，這也沒什麼好計較的。事到如今才要他喊我一聲大哥，也不會讓我心裡比較舒坦。更何況明天就要跟他分開了，事情已經要結束了。

一想到這裡，我心情就輕鬆不少，也開始有了睡意。一整天的忙碌疲憊，也在睡魔驅趕之下消失無蹤。

砰砰的敲門聲把我吵醒，睜眼一看，才發現太陽已經出來了。門外傳來一個女人要我們「快起來」的聲音，我撐起上半身看了看安迪，發現不知是不是因爲空調太冷，他用棉被裹住自己，整個人縮成一團，看起來怪可憐的。我溫柔地伸腳踢了踢他的背，他翻了個身。

梳洗過後，我來到與廚房相通的客廳，發現美秀正在煮東西。我從冰箱裡拿水出來喝，她則用下巴比了比餐桌，示意我坐下，然後又到房間去大聲要安迪趕快起來。她走回來關掉瓦斯爐的火，盛了一碗不知什麼東西拿到我面前。

那是一碗清湯，裡頭有黃豆芽和蘿蔔，還有類似螺肉的黑色物體。桌上放了白飯、泡菜、醃豆子和煎蛋捲。我說了聲開動，便將白飯倒入湯裡吃了一大匙。眞是清淡爽口到令人忍不住讚嘆。

「胃有舒服一點嗎？」

「很舒服……這是醒酒湯嗎？」

「是海螺醒酒湯。」

「海螺？」

美秀嘟起了嘴，好像在責怪我很無知。

「是濟州島的海螺。」

我點點頭，繼續吃著湯飯。似乎是聽見了我們的對話，安迪從房間裡爬出來，一屁股坐到餐桌上，將白飯倒入美秀替他盛的海螺醒酒湯裡，大口吃了起來。美秀彷彿化身爲我們的大姊姊，一邊喝水一邊看我們吃飯。

「咳啊，太讚了。美秀，妳不吃喔？」

吃完醒酒湯後，安迪整個人都醒過來，話又開始多了起來。

「我已經吃過了。還有一些湯，需要的話再跟我說。」

「話說回來，夏天是旅遊旺季，但妳這間民宿怎麼都沒有客人？」

「哪裡沒有？大家都出去了，你要不要看一下現在幾點？」

安迪和我這才看了看時鐘，已經過了十一點半。我們就像兩隻飢餓的狗，整張臉埋在碗裡，吃得一粒米也不剩。一方面是因爲好吃，一方面也是因爲我們得加快腳步。

吃完之後，美秀開口問道：

「你們的行李在哪？」

「行李？在車上啊。」

安迪一邊用衛生紙擦汗一邊說。

「那骨灰也在車上囉？」

我跟安迪互看了一眼，隨後衝出民宿。

離開民宿之後，我們頭也不回地衝到貢全浦海灘停車場。

剛才吃的醒酒湯，好像一下子就要從胃裡衝上來。我趕緊看了看後座，背包依然在那。後到的安迪用鑰匙解鎖，我立刻打開後座的門。濕熱的空氣迎面而來，車子從昨天下午開始就停在這，裡頭就像汗蒸幕一樣又濕又熱，我們卻將她丟在這裡。

我打開背包，小心翼翼地將乳清蛋白粉罐從裡面拿出來。我帶著愧疚的心情，雙手將罐子捧在懷裡，旁邊的安迪也鬆了口氣。這時，穿著拖鞋的美秀出現了。

「就算喝醉了，也不應該把這麼重要的東西忘掉吧？」

「因為中間去了一趟警察局……」

安迪的聲音越來越小。

「去警局也是為了你們好。等等，那東西是骨灰罈嗎？」

看到乳清蛋白粉罐，美秀用眼神向我提出疑問。

「只是臨時拿這個來裝，因為骨灰罈破了……」

不知不覺，我也越說越小聲。美秀一臉無奈，視線在我和乳清蛋白粉罐之間來回。

「肌肉力量（muscle power）？這到底是什麼啊？」

「乳清蛋白粉，健身要吃的東西。這東西對身體健康很重要，所以用來裝乳清蛋白粉的罐子也很堅固，又能阻隔光線，是強化塑膠。」

「什麼？乳清蛋白粉？天啊，兩個蠢蛋！你們是打算直接把這個埋在土裡嗎？你們兩個穿得人模人樣，結果她、她卻……怎麼可以把她裝在塑膠罐裡面啦？」

我實在百口莫辯，安迪也不敢吭一聲，只能低著頭挨罵。我們低著頭懺悔，這個日正當中的時刻，我們站在美秀面前動也不敢動，拿著乳清蛋白粉罐的雙手不停發抖。但越是這樣，我就越是用力想把她抱緊。對不起，眞的對不起，眞的很對不起。

「走到那條大馬路上然後左轉，再往前走一點就有木工所。」

「……」

「去用木頭做一個骨灰罈再走，好嗎？」

她不耐煩地說。

「好，妳說得對。」

安迪回答。聽到回答之後，氣呼呼的美秀轉頭離開了。安迪拿了根菸給我，我一手拿著罐子，另一手接過香菸。我能看見前來避暑的遊客在沙灘上脫個精光，像是在享受海邊的生活。我跟安迪並肩站在原地，視線朝著遊客的方向抽著菸。我一直覺得安迪是個亂七八糟的傢伙，也把一切都歸咎於他。我認爲都是他把事情弄得一團亂，沒有好好花心思在在妍身上。但其實我也一樣糟糕。這熾熱的陽光照在臉上，像是狠狠賞了我一個耳光。可以的話，我想再多挨個幾下。安迪蹲坐在一旁，抽完最後一口便將菸蒂捻熄在地上。

「我可能眞的是個混蛋，這都是我的錯。」

他一臉泫然欲泣，呆滯地望著遠方的海面。我無話可說，也沒什麼話能安慰他。我們捻熄了菸，往車子的方向走去。我捧著乳清蛋白粉罐坐到副駕駛座等安迪，而他抽完了第二根菸才上車。

我們去木工所訂製了一個四方形的盒子。中年的木工問我們要做什麼用，安迪沒有回答，只有要求他用高級的木材。木工製作期間，我拿著手機搜尋思連岳林道。查了一下交通方式，發現距離這裡只要不到一小時的車程。

「很好，兩點以前到森林，再花一個小時把事情處理好，三點從那裡出發去機場，四點……或是時間抓多一點，可以訂五點的機票。」

安迪尋求我的同意。一看我點頭，他便立即用手機訂了回首爾的機票。

木工替我們做好了木盒，木材顏色明亮且十分光滑，還飄著清爽的香氣。我請他替我們裝上絞鍊，讓蓋子能夠跟盒子連在一起。畢竟蓋子要是能隨便打開，弄丟可就不好了。而安迪似乎是爲了轉換心情，決定將敞篷車的車頂打開。他似乎很想趕快去思連岳林道，於是我也趕緊坐上副駕駛座。

稍後，木工替我們裝好了絞鍊，送來一個宛如巨大珠寶盒的盒子。我們很滿意，安迪掏出現金付款。

「裝到這裡面來吧。」

我將木箱交給安迪，並從背包裡拿出乳清蛋白粉罐。蓋子一打開，我就能看見裡頭在妍的骨灰。似乎是因爲這幾天一直處在高溫下，裡頭傳出陣陣的熱氣，感覺就像她的體溫。我小心翼翼地拿著罐子靠近木盒。安迪則往我這裡靠過來，用他厚實的大掌捧著木盒。

我，把她，慢慢地，倒入，木盒裡。

就像慢動作畫面，我能清楚看見她的骨灰緩緩在木盒中堆積。就這樣，我們把她裝在木盒子裡。在那小巧光滑的木棺之中，她終於能夠躺下。安迪跟我低下頭，默哀似的望著木盒。

他闔上蓋子，將木盒交給我。我替盒子上鎖，放到後座的背包旁邊。

這時，一輛小客車來到木工所前，美秀拿著一束白色的東西下車，那是一束花。

「骨灰呢？」

美秀來到我們身旁問。我指了指放在後座的木盒，美秀便往後座走去，雙手合十拜了一下，那是個代表追思的手勢。她把手上的花束放在箱子旁，白色的菊花很是討喜。

「謝謝。」我說。

「何必特地帶這些，我們都準備好了……」

「少來，你們連一個裝骨灰的盒子都沒準備，還在那邊鬼扯。」

美秀吐槽了安迪，隨後又看著木盒說：

「我只是也想來悼念她一下。」

她緊緊抿著唇，似乎還有些話沒說完。

「好好送她吧。」

留下這句話，她便頭也不回地走了。

美秀開車離開，我們也離開貢全浦。

我們彎進小路，隨即發現往思連岳林道的指示，於是照著左轉。一整片杉樹林將兩線道的馬路圍住，那是一條通往上坡的路。車子開進蒼鬱的樹林，即便是夏季的大白天，空氣依然涼爽，坐在敞篷車裡感受徐徐吹來的風，甚至還有一絲寒意。

抵達思連岳林道的入口，安迪把車停好，我們下了車。我雙手捧著木盒走在林道上，安迪拿著花束跟在後頭。

林道入口十分吵雜，家庭遊客非常多，孩子們穿著花花綠綠的衣服，牽著父母親的手，吱吱喳喳說著童言童語。林道的另一側，則是已經從深處折返的遊客。來健行的遊客擠在這裡，顯得相當雜亂。

我停下腳步，轉頭看著安迪。安迪習慣性活動了一下脖子，然後才跨出一大步。

「這點人，沒什麼。」

他領在前頭，我也邁出步伐跟在他後頭走進去。

森林裡十分涼爽，原始林形成的綠蔭包圍了整條步道，甚至讓人感到有些雄偉。只是人群絡繹不絕，讓人禁不住聯想到週末的漢江馬拉松大賽。我們避開迎面而來的人，讓路給後頭超車的人，腳步顯得侷促不安。在許多登山鞋與健行鞋之中，安迪跟我的皮鞋顯得格格不入。

「怎麼辦？」安迪問。

「不知道。」

我停下腳步。

「這裡……是不是有點陰森？」

看著對面那一片茂密的森林，安迪又開始活動他的脖子。

「有點。」

這時，一隻烏鴉嘎嘎叫著飛過我們頭頂，降落在不遠處提示前方還有路的指示牌上。我像是獲得啓示，朝著指示牌走去。烏鴉感覺到人的氣息便飛走了，我們則上前查看指示牌。牌子上指出的並不是主要路線，而是通往另一個方向的小路。我對跟在後頭的安迪說往這個方向去看看，他也點頭同意。

我們通過那條小路，來到一片罕無人跡的區域。只是這裡的樹更加茂密，完全遮蔽了天空。光線更加陰暗，也更讓人感到陰森。安迪揮了揮手中的花束，試圖趕走小飛蟲。

我低頭看著懷中的木盒，一手輕撫著它思念在妍，就像在擦拭神燈。想像她跟我一起走在剛才那條路上的開心模樣，也試著想像她最喜歡的那些地方。南海逍遙海灘、錦山菩提庵、束草近海、月出山蘆葦田、剛泉山雲橋、泰安千里浦海灘，還有濟州的貢全浦海灘，跟不知在某處的無名山岳。

安迪輕輕嘆了一口氣。

「你知道在妍為什麼喜歡山和海嗎？」我問。

安迪聳了聳肩。

「因為一望無際，視野開闊。海平面一望無際，而登上山頂則有開闊的視野。在妍喜歡這些，所以才喜歡到海邊、喜歡去山上。」

「……」

「我們不能把她放在這。」

安迪吞了口口水問道：

「現在怎麼辦？」

我沒有回答，而是轉身沿著剛才的路走回去，他跟在我身後。回到主要步道上，安迪再問：

「現在要怎麼辦？」

「要走啊。」

「走去哪？」

「首爾。」

「什麼？那在妍怎麼辦？」

「還是要送啊。」

「那你是要怎麼送？」

「你送吧，看是要先拿回家放著，慢慢找個好地方，還是繼續在這裡多留幾天，找到那座山岳。」

安迪一把拉住我，氣沖沖地逼問：

「是怎樣？你現在才來搞這齣？我們講好要一起送她走的，所以才會搞成這樣啊，不是嗎？」

「我覺得我從一開始就沒有那樣的資格。」

安迪皺著眉頭對我說：

「難道我有什麼資格？但我們還是一起來到這裡了，不是嗎？你要讓這一切白費嗎？」

「對不起。」

「你是因爲我謊報年紀騙你才這樣嗎？」

安迪一臉煩躁地問，我則無奈地笑著搖搖頭。

「還是因爲我忘記那座山在哪？那眞的是我的錯，我對不起你，也對不起在妍，所以……」

不知何時，安迪鬆開我的手臂，緊緊抓著我的肩膀。我拍了拍他結實的手臂。

「拜託你了。」

「你眞的是……幹……」

我留下爲難的安迪，捧著裝有在妍骨灰的盒子走向林道入口。到了該放下這盒子的時候了。我沒有能力，也沒有資格看到這件事的結局。我突然感覺鼻頭一酸，只能加快腳步往入口走去。

我把盒子放在敞篷車後座，坐到駕駛座上。跟在後頭的安迪也將花束放在後座，並回到駕駛座。他問我要去哪，我跟他說去機場。他默不作聲，只是打開導航。

導航指示我們往剛才經過的那條水杉樹林道走，隨後連上一條通往漢拏山山腰的路。一路上蜿蜒曲折，熟練地駕馭著方向盤的安迪說，他曾經走過這條路，跟在妍來旅行的時候走過幾次，還說這裡很適合兜風。

我靜靜聽著他說話，一言不發，就像個失去發言權的人。

安迪問我這樣真的可以嗎？意思是在問，他是不是真的能把裝著在妍骨灰的盒子拿走？我說可以，真的沒關係。我是認真的，我沒有資格。其實我們都沒有資格，但我覺得安迪比我更努力。

車子繼續行駛在蜿蜒的山路上，因為是敞篷車，我們的頭髮隨風亂竄。我帶著沐浴在這陣風之下的心情，希望風能帶走我的無力與悔恨。

就在這時，不知什麼東西從對向車道竄出來，衝到我們車前。

是隻獐子。

安迪急忙將方向盤往右打並踩下煞車。安全帶像槌子一樣重擊我的胸口，我一下子覺得無法呼吸。

車子脫離了道路，驚險地停在路肩與森林之間。輪胎摩擦地面發出的燒焦味飄過鼻尖，我在後照鏡中看見那隻獐子走過有輪胎打滑痕跡的道路，大步大步往森林裡去。事情發生在電光石火之間，安迪跟我僵在原地，沒有任何人出聲。

好不容易回過神來，才發現我們冷汗直流，也感覺到路過的車輛對我們投以關注的目光。我們呆坐在原地好一會兒，花了一點時間試圖以深呼吸平靜心情。

「沒事吧？」安迪問。

「你呢？」我問。

「我開車技術不錯吧？要不是我及時轉向，那隻鹿可能就被撞死了。」

安迪裝模作樣地笑著。

「那是獐子。」我糾正他。

「你眞的很愛找碴耶。管牠是鹿還是獐子，反正就是那類的東西啦。總之，我很棒吧？」

「對啦，差一點就要出大事了，多虧了你才活下來。」

「這點小事，沒什麼啦。」

安迪笑著倒車，車子重新回到馬路上，風再度包圍了我們，我們將驚險刺激的一刻遺留在原地。

不知何時起，牧場出現在眼前，道路兩旁的視野開闊起來。我轉過頭看著一望無際的濟州大地，試著忘掉剛才驚心動魄的一刻。宛如巨大帝王陵墓的山岳、如火柴盒般的小巧房屋、村落、農田，以及有如巨人風車的風力發電機，交織出一幅溫馨和睦的景色。四周一望無際的大海無拘無束，擁抱著這座美麗的島嶼。眼前的景色，就像在妍登上山岳後拍下的照片。

接著我透過後照鏡，看到後方出現一道小小的白色龍捲風，有什麼東西正從我們車上飛出去。回頭一看，發現是在妍的骨灰被風吹了起來，不斷朝著天空衝去。我只能啞口無言地注視著在妍細碎的白色骨灰，那就像成群移動的白色鳥兒，瞬間便消失在濟州的天空之中。她自己飛走了，跟愚蠢的兩個男人道完再見，她就去走自己的路了。我只能看著她最後的身影，無法伸手挽留。

「靠，是怎樣？」

這時安迪才終於注意到這件事，一邊大吼一邊急忙停車。

停車後，我們查看後座，發現木盒掉在座椅下方，蓋子已經打開了。我們看著傾倒的盒子，一句話也說不出來。

爲了閃避獐子而緊急煞車的時候，木盒掉到了地上。掉下之後鎖被撞開，蓋子也跟著打開。她的骨灰散落一地，隨風消失在濟州的天空中。再一次認知到這個事實的我，僵在原地動彈不得。

安迪突然哭了起來。他整個人靠在方向盤上，哭到肩膀劇烈顫抖。

我下了車，來到後座開門，撿起木盒一看，發現骨灰幾乎都被吹走了，只剩下盒子的角落還卡著一些。我把剩下的骨灰倒在手掌心上。

右手邊仍是剛才如詩如畫的景色，一點也沒有變。她飛上天後，應該能看到這片景色吧？希望她能再次看到這片景色，希望她能再度前往那裡。

我將在妍剩餘的骨灰撒在眼前開闊的景色裡，並拿起掉在後座地上的花束，朝著同一個方向扔了出去。白色的花束劃過藍天，掉進綠蔭之中。

身後，安迪依舊在哭泣。

而我沒有哭。

首爾

回到首爾後，一切都一如預期。

代表以調職作爲我的懲罰。三年來，我一直在編輯一組擔任組長，負責出版小說和散文，一夕之間成了管理組組長。負責管理員工、著作權、公司福利和會計。管理組長這個新的職缺，其實等同被公司發配邊疆。

我手下的員工，只有負責會計的成主任。她平時跟我就話不投機，我成爲她的直屬上司之後，她更是毫不掩飾不耐煩的態度。她在工作上有自己的做事方法，因此總是大剌剌地忽視我的指示。也是，我哪裡懂會計呢？連網路銀行都不會用了。

而我曾經任職的編輯一組則解散，負責自我成長與實用書籍的編輯二組金組長，一躍成爲總編輯。在我底下工作的編輯一組吳代理，則成了金組長的下屬。大家改口稱金組長爲金總編輯，她一個人帶領過去編輯二組的李代理、實習生與吳代理等三位組員。

在辦公室，我可以說是遭到排擠。無故蹺班的代價非常大，甚至讓我考慮是否要乾脆辭職。但即便如此，這件事也並沒有太困擾我。

即使以總編輯爲首的女性員工刻意不找我去吃午餐、即使代表拿我殺雞儆猴，好讓大家心懷警惕、即使手上有一堆陌生的業務，我都不在乎。換作是以前，我肯定會因爲這樣的氣氛而戒愼恐懼，現在卻反倒悠遊自在，眼睛都不眨一下，也讓他們無法眞的對我做什麼。

從濟州島回來之後，我心裡確實多出了什麼過去沒有的東西。眞要說起來，或許是對其他事物的漠不關心與熱情吧。我對自己身處的現在漠不關心，一心一意想著在姸那未曾完全燃燒的熱情。

安迪告訴我的那組密碼是萬能鑰匙，不光能登入Facebook，更能登入電子郵件、網誌等其他帳號。代表跟總編輯出去洽公時，我便會打開電腦連上在姸的網誌。

宛如老舊公寓一般的廢棄網誌，有她一篇一篇的貼文層層堆疊。有時是磚頭般的短文，有時是城牆般的長文，每一篇文章都是她的故事。在社群時代，這樣的網誌平台已被視爲過時的產物，她卻依然持續使用。因爲沒人會來看，因此也沒人知道。

只要是人，都會下意識在團體照片裡先找自己在哪，一進到她的網誌，我便先從三年前的文章看起。那些是跟我交往時的紀錄，我屏息讀著她留在那裡的痕跡。

她的文章內容，大多是日記、對書與對電影的感想。日記內容則是今天寫了多少字、白天跟誰見了面、那天的情緒狀態，以及購物清單等等。讀書心得內容則是對書的簡單感想，並留下幾段值得特別劃線的文字，通常都能精準整理出整本書的脈絡。其中也有我們出版社出的書，卻沒有提及我。

而她寫電影的內容，則大多是當時跟我一起去看的首輪電影。身爲劇本創作者的她，必須將當時上映的電影都看過一遍，也因此即便沒興趣，我仍跟她一起去看了許多好萊塢大片，或是一些劇情老套的驚悚韓國片。

在幾篇電影心得裡，她寫到自己非常喜歡的音樂電影，讀完後我也回想起當時的氣氛。導演不妥協的態度，讓當時爲了寫商業電影而筋疲力盡的她得到了刺激。當時她說必須配合賣座公式創作劇本的鬱悶感，彷彿被輕快的音樂帶走了，在網誌上也能看到這樣的心得。看她這樣寫下我們共同的回憶，我覺得很欣慰。

讀書心得與觀影心得之間，偶爾也有抒發創作困難的心情。那些文章就像她這片文字田地中的雜草，既不順眼又沒有用處，字裡行間充斥著疲憊的情緒，看了好不可憐。

寫作是一種強迫，也使人上癮。雖然也該到了享受這種緊張的時候，我卻時刻心慌意亂，眞是一則以喜，一則以憂。最重要的是，人們並不把這件事情看成一份職業。究竟要到什麼時候我才能以此爲業？我能撐下去嗎？我能享受嗎？

她確實能說是工作成癮。她的創作進度會決定約會的氣氛，截稿日前搞消失更是基本中的基本。雖然我覺得我理解她，但這並非容易之事。我突然在想，如果我在那個時候就讀到她這些文章，會不會能更加了解她一些？

我喜歡棉花糖，總是珍藏著到最後才肯吃。近來我的寫作就像這樣，珍惜著一點點的靈感，一整天不肯寫，直到現在才終於提筆。眞像個傻瓜。

這段文字的內容，也是在一天結束時批評自己。創作沒有進度，讓她在網誌上以開玩笑的方式責怪自己，但同時她也眞心覺得自己像傻瓜。

比起折磨自己努力創作，
我更希望自己能被人愛護。

這是跟我分手後沒多久寫的文章。原來那件事對她來說只值得這樣幾行字，我再一次感到心痛。

後來我又看了三十分鐘，沒再看到任何跟我有關的內容。一方面鬆了口氣，一方面又覺得可惜，心情難以言喻。

不過我找到一張照片，令我怎麼也壓抑不住嘴角的上揚。在她密密麻麻的文字之中，照片寥寥可數，而其中之一就是平和且寧靜的海岸風景。是南海尚未改變之前，我們一起去旅遊時留下的照片。

照片下方，她留下了這樣的文字：

逍遙海岸，總有一天會再回去看看我們的這片海。

就這樣，再次看到我跟她一起去過的那片海。我專注地一遍又一遍看著那張照片。在空調冷風吹得頭頂冷颼颼的城市辦公室裡，我彷彿短暫置身曾經與她共同前往的那片大海，那片屬於我們的海。

辦公室的門打開，印刷廠的崔秀哲部長雙手各提著二十五本一落的新書走了進來。他將新書放在接待處的桌子上，拿出手帕擦了擦汗，並往茶水間走去。稍後，他就像回到家裡一樣，自在地拿著一杯果汁，一邊喝一邊走回接待桌旁，並將他拿來的那兩落書拆開。

「熱騰騰的新書來囉。」

同事紛紛靠了過去，確認起剛剛印好的新書。大家此起彼落地說，這書印得眞好看。那是我上個月編的歐美小說，是我最後一本經手編輯的作品，但我並不怎麼想看。我的視線挪回螢幕上。

「苦組長，不覺得這顏色很棒嗎？這邊我用了特殊材質，費了很多心思喔。」

崔部長不知何時靠了過來，將一本書放在我的桌上。我用手摸了摸書的封面，剛入庫的書似乎還留著印刷時的溫度。崔部長家的印刷廠雖不是烘焙坊，印出來的書上卻總是有著香噴噴的溫熱氣息。

「辛苦了。」

「你應該很看好這部小說吧？印了三千本。」

「這是我最後一本編輯作品，當然要印個三千本啊。」

「欸，怎麼會是最後呢？別這樣啦。」

崔部長雖是個大塊頭，卻輕巧地用手指戳了戳我的肩膀。

「我們出去抽根菸吧。」

辦公室所在的大樓頂樓，擺了兩張不知從哪撿來的白色海灘塑膠椅，我們一人占據一張。崔部長每次收到訂單或新書出版時，總會在來到出版社的時候跟我一起上來抽菸。他抱怨說最近到處都禁菸，連會抽菸的編輯都越來越少了。當然，我們這棟大樓也禁菸，不過屋頂算是擁有治外法權。放在塑膠椅前面的空水蜜桃罐頭裡，已經堆滿了菸蒂。但神奇的是，每當罐子要滿的時候，就會有人換上一個新罐子。顯然，這棟大樓的吸菸族群在無形之間組成了一個聯盟。

「你以後眞的不再編書了嗎？」

見我點頭，崔部長無奈地咂了咂舌。

「那個新來的女總編很難搞吧？我看她很強勢，應該很不好應付，眞希望可以由苦組長繼續發印……」

「爲什麼是我？」

「你不是管理組長嗎？也可以管理印刷廠吧？對吧？」

「管理的話當然是會做啊，會去收其他印刷廠的報價單。」

「你幹麼這樣？我是因爲相信你才跟你們公司合作的耶。」

「開玩笑的啦，反正呢，我現在已經倒台了，你要好好迎合新的總編輯喔。」

崔部長像是在嘆氣一樣吐出一口煙，隨即又掏出一根新的菸。

「苦組長，我就直接問了，你怎麼會被擠下去啊？」

「……」

「不是啊，你這麼忠心耶，結果讓一個空降的女人把你取代，這像話嗎？我要是像你這麼認眞工作，現在已經是我們公司的理事了。」

「拜託你要認眞工作，當上公司的理事，然後再雇用我。」

「看你的表現囉。」

我作勢要伸手打他，咧嘴笑著的崔部長隨即退開。這時，電話響了，是那傢伙。我比了個手勢要崔部長先下樓，然後便接起電話。

「午餐吃了嗎？」

「幹麼？」

「還問？當然是因爲想你才打給你啊。」

「我本來不想接，是因爲在屋頂上才勉爲其難接起來。我現在在上班，講重點。」

「就是覺得有點寂寞啦。話說回來，你要上班上到什麼時候？」

「怎樣？要我拿退休金去投資你的事業喔？就算我辭職也不可能投資你，少在那邊廢話。」

「老哥，你不要一直把我當成壞人嘛，我不會利用別人啦。我自己被騙就被騙，但我不會去影響別人。」

「好啦，我要掛電話了。」

「不是啦，等一下，聽我說一件事。」

「……」

「那個欺負在妍的傢伙，你打聽到了嗎？」

「……才沒有咧。怎樣？」

「少騙人了，不然你怎麼頓了一下？說喔。」

「你知道了以後要幹麼？」

「就告訴我嘛，啊，不行，我們見個面吧，朋友。」

「誰跟你是朋友？你剛不還叫我老哥嗎？」

「管他是不是朋友，反正見個面啦，拜託。」

「我沒有什麼事要跟你說，我要掛電話了。」

「不是啦，你這個人眞的是……」

我掛了電話，但彷彿還是能聽見那傢伙在我耳邊嘮叨的聲音。難道是同行南下的那幾天，我已經適應了他的大嗓門和油嘴滑舌嗎？是因爲我們就像同梯入伍的軍人，一起吃過苦嗎？我有種一直甩不開那傢伙的感覺，安迪這傢伙眞是噁心極了。

我再回到辦公室，看到代表跟總編輯已經結束洽公行程回來了。兩人正在說話，臉上帶著開心的笑容，同事圍繞在他們身邊，聽他們說著自己的英雄事蹟。

「然後金組長就說了一句話：『教授，這可以賣到三十萬本。』」

同事們歡欣鼓舞。

「這句話如果是由我來講，白教授肯定不會答應。可是總編就在旁邊一直靜靜地聽，看準時機跳出來講這句話，白教授就同意了。」

「我算是挺會看時機的啦。」

代表心滿意足地看著總編輯，她則以自信滿滿的微笑回應。大家和樂融融地分享今天洽公的成果，而我則避開他們回到自己的座位上。

「紀念我們成功跟白教授簽約，今天晚上來聚餐吧，大家不許找藉口缺席。」

總編輯大喊，像是在宣布捷報一樣。同事都努力裝出開心的樣子，直到總編輯跟代表一起進了代表的辦公室，辦公室裡唯一的男生，設計師鄭室長才過來抱怨。

「今天本來就要加班了……去聚餐反倒還好一些。」

「你眞的這樣想嗎？」

「我是說服自己這樣想。苦組長應該不太在乎要不要去聚餐吧？」

「怎麼說？」

「沒有啊，就覺得你最近好像很消沉。」

「但我就是討厭聚餐啦。」

「不覺得總編輯裝模作樣看了也很討厭嗎？」

鄭室長低聲說。我苦笑了一下，他露出同樣的表情回應，隨後便回到座位。我關掉在妍網誌的視窗，因爲必須在聚餐之前把延宕的業務處理完。

聚餐地點是一間生魚片店。代表看了動物飼養相關的紀錄片之後，就開始避免吃家畜的肉，所以我們的聚餐也就侷限在生魚片店。小公司的特色，就是公司內的活動會隨著代表的喜好改變。但不管怎麼想，比起那些因爲代表喜歡登山，新年就得上北漢山辦開工儀式的公司，或是因爲老闆信仰基督教，每天早上都要做禮拜的公司，聚餐只吃生魚片要好多了。

我們被安排在需要脫鞋的團體客人座位區，代表、總編輯和代表的另一位忠僕業務組長一起坐在最裡面。旁邊是編輯部的女同事、成主任、業務部的權代理。坐在桌子最末端的，則是我、鄭室長以及前陣子還是我的組員，現在由金組長帶領的吳代理。

「妳怎麼會在這邊？去坐前面啊。」

面對曾經是我下屬的吳代理，我伸手指著前面的位置。

「我今天想要豁出去大吃。」

吳代理一口將我倒給她的酒喝完。

「剛才妳們吃午餐回來的時候，我看妳跟總編輯非常好啊。」

聽鄭室長這麼說，吳代理瞥了他一眼，放下手中的酒杯。

長桌的另一頭，總編輯正再度生動活潑地描述如何讓白教授點頭簽約的過程。女同事的笑聲就像在替她的發言合音，還不忘加上反應。代表心滿意足地跟她們乾杯。

生魚片上桌了，坐在桌子最尾端的我、鄭室長與吳代理就像軍營裡的俘虜，要藉著大量消耗軍糧來削弱敵軍戰力，拚命夾起眼前的生魚片往嘴裡塞。配著燒酒咀嚼生魚片，我突然想起跟安迪在泗川港口吃的那頓飯。我在南海崩潰，手腳都受了傷，照顧我的就是那個傢伙。記得他當時說，喝下這一杯就忘了吧。而我也確實喝了一杯，就把那天的事都給忘了。

但也只是忘了那晚的事而已。究竟要喝多少，才有辦法把整段記憶都刪除？我看著眼前的酒杯，想起飛往濟州島天空的她。旅行期間，她都被困在乳清蛋白粉罐裡跟我們一起移動，最後就像是要責怪我們一樣，隨風消失在空中。只不過在我心裡，她成了永遠不會消失的碎片留了下來。

鄭室長對沉浸在回憶裡的我舉杯，我則仰頭把酒喝光。這時，手機突然響了起來。看了看螢幕，發現是安迪。我真是要瘋了，每次想起在妍，這個善妒的傢伙就會突然闖進來。我決定掛掉電話。

「怎樣才叫專業人士？首先，專業人士就是不會浪費別人時間的人。如果不想浪費別人的時間，那該怎麼做？當然是要掌握論點。要立刻聽懂對方想說什麼，立刻捕捉到對方的想法。那結論是什麼？專業人士就是能在對方提出要求時，以適當的形式交出對方需要的東西，懂嗎？」

代表不知何時板起臉孔，開始講起專業人士應該具備的素養，一邊說還不忘一邊盯著每一位同事。大家都知道，一旦避開代表的眼睛就會出事，因此所有人都睜著大眼迎上他的視線，並且拚命點頭。我的眼睛雖然看著代表，手則是將安迪打來的第二通電話掛掉。

「我這是要你們思考，爲什麼在出版社上班年薪會比較少？爲什麼會讓人們覺得出版社是什麼家庭手工業？我啊，很希望總有一天大家能夠覺得在我們出版社上班，也有一種不遜於大企業的驕傲感。無論是年薪還是激勵獎金，如果都能不輸大企業那多好，對吧？」

「代表的想法眞是超前。」總編輯附和。

「想要達成這個目標，該要怎麼做呢？直到根基穩固之前，都要積極一點。今天那位白主亨教授，是能賣三十萬本的作者啊。是總編輯把他找來的，那接下來該怎麼做？

業務部？」

「我們會配合預定出版日期，盡量安排書店的展示櫃位。」

「管理部呢？」

我本來正在看安迪打來的第三通電話，聽到這句話才急忙看向代表。代表就像中毒的癩蝦蟆一樣，整張臉紅通通地瞪著我。

「……我會好好管理，讓這本書成爲暢銷書。」

「要怎麼好好管理？」

「這個嘛……既然現在已經確定簽下這位作者，那我會經常詢問他的寫稿進度，也會掌握市場狀況，看看要怎麼配合做合適的行銷……」

砰！代表一掌拍在桌子上。

「這是業務部的工作，你還沒搞清楚管理部要做什麼嗎？」

「是，我還在熟悉中……」

「喂，苦民眾，我剛剛說了什麼，你有在聽嗎？你以爲我是爲了講給這些小朋友聽，才在那裡說什麼專業人士嗎？都是要講給你聽的！你這個不知反省的傢伙！」

這時候我也只能低頭挨罵。外頭狂風暴雨，人就得找地方避雨。

「你無故曠職之後，就一直這副心不在焉的樣子。既然調了你的職位，讓你負責新的工作，你是不是就該振作起來好好做事？是不是？說啊！你這樣哪裡像個專業人士？」

「對不起。」

我的頭越來越低。對面的實習生可能覺得很尷尬，只見他別過頭不願意看我，其他人也都有些坐立難安。但我知道，他們內心肯定很享受看我出糗。

代表又繼續叨唸了一陣子，而我則一再重複說「對不起」。代表每次喝醉，就一定會找一個人來「刁難」，我已經很習慣了。只是這次，我每低頭道歉一次，就會看見放在腳旁的手機螢幕跳出安迪的訊息，更加速我的煩躁。

離開生魚片店，準備前往酒館續攤的代表說，要走的人可以先走。但大家都沒有任何表示，只是跟在代表和總編身後。這是當然的，要是離開現場，就會立即成爲被說閒話的對象，最後說不定再也不用回來了。從這點來看，上星期無故曠職四天的我，就算立刻被炒了也一點都不奇怪。

手機再度響起，看了一下螢幕，共有三通未接來電、七封簡訊。我實在是受不了了，於是沒有立刻進去酒館，在外頭接了電話。

「你到底要幹麼？」

「老哥，你眞的很忙喔？」

安迪醉醺醺的聲音聽了很不舒服。

「對啊，我忙著討生活啦。現在在應酬，幹麼？」

「出版社也要應酬喔？」

「內部應酬，聚餐啦，怎樣？」

「你好認眞生活喔。眞的不打算辭職？」

「老實說，我現在差一點就要被炒了。我正忙著挽回上禮拜無故曠職的事，所以你能不能別再來煩我了？」

「看來還是有機會挽回的嘛？哎呀，我這邊倒是完蛋了。」

「……」

「因爲全完了，所以才會突然喝這麼多酒，醉成這樣，平時都不會這樣的……」

「你平時哪裡沒喝酒了？」

「我只有那時候有喝，抽菸也是，好嗎？但從那之後，我就一直在喝酒、抽菸。現在我的肌肉都流失了，原本在推動的事業也泡湯了，你知道嗎？」

「所以這是我的責任嗎？」

「我看起來像是會把責任推給別人嗎？」

「像。」

「我才不會。」

「不然呢？」
「快告訴我那傢伙是誰。」
「誰？」
「你知道的啊，就那混帳！」
「好了啦，你清醒一點。」
「把名字告訴我，剩下的你不用管，報仇由我來。」
「你是在拍電影喔？報什麼仇啦……廢話少說，不要再打給我了。」
「幹……告訴我啦，嗚嗚。」
「……」
「不然就給我一點錢吧，我現在手頭很困難。」
「……」
「借我一點錢！你還有班可以上，沒有什麼損失啊！」
「把帳號給我啦，我把在麗水和濟州花的錢給你。」
「好。但……這都是報仇需要的錢……所以你要把那傢伙的情報一起給我。」
「好了啦！帳號給我啦，少在那裡廢話一大堆！」
我掛上電話，進到續攤的酒館，坐下來大口喝了好幾杯生啤酒。

直到續攤結束，安迪都沒有傳他的帳號給我。

宿醉的嚴重頭痛讓我從睡夢中醒來，即便躺在床上仍感覺天旋地轉，但我還是開始回想前一晚的事。在續攤的酒館已經喝了很多的我，以喝醉爲藉口推辭了去ＫＴＶ唱歌的邀約，直接搭計程車回家。

計程車上，我傳了封簡訊催促安迪把帳號給我，那傢伙卻完全沒有回應。錢是一回事，我眞不明白他爲何要拜託我這種事？難不成是想找情敵決鬥嗎？又不是以前一言不合就決鬥的俄羅斯人！更何況那傢伙會願意理會等同於陌生人的安迪嗎？結論是，這件事只有安迪一個人不肯放手。他是想把我和在妍都牽扯進去，幹出一些瘋狂的事情。他應該要滿足於跟我和在妍一起去的那趟旅程，只不過他還有些遺憾，所以才會想找些什麼藉口，繼續糾纏下去。

一想到安迪，宿醉的頭痛便如波濤般湧來。爲了甩開腦海中的安迪，我選擇打開手機，看看昨晚的職業棒球精采片段。這時門開了，我趕緊翻身起來。我媽用一副她什麼都知道的口氣對我說：

「民主他們夫妻來了，一起吃午餐吧。」

媽離開房間並順手帶上門，我知道自己不能不起來。既然我住在家裡，那就不能缺席三餐。這就像家訓，是父親爲了讓孩子們齊聚一堂的堅持。我得趕快搬出這裡才行。

我嘆了口氣，翻身下床。

妹妹是來把姪子托給爸媽照顧的。姪子已經滿兩歲了，他們每兩個星期會把姪子帶來這裡托給爸媽，並藉這個機會處理因爲照顧孩子而拖延的大小事。

父親已經跟妹夫坐在餐桌邊喝著馬格利。我迴避父親的視線，並用眼神對妹夫示意，妹妹跟媽媽則忙著端菜上桌。幸好姪子似乎還在睡覺，我決定等等去一趟辦公室，以免他醒來又吵著說要找我這個舅舅。

「哥，你現在還是一天到晚在喝酒喔？」

「妳以爲我想喔？是公司聚餐啦。」

「哥，來喝杯酒醒醒酒吧，以毒攻毒。」

妹夫笑著對我舉起馬格利，我則擺了擺手，拉開椅子坐下。

「介紹一些人給妳哥認識啦，早就該結婚了，還一天到晚窩在這。」

媽又開始了。

「出版社不是有很多女同事嗎？」

我沒有回答，只是打了個哈欠。

「不要出版社的啦，找你們學校的老師，跟妳年紀差不多的，好嗎？」

是啊，老師最棒了，唷呼。

「我們學校的老師都結婚了啦，大家都很早婚。」

這倒也是，民主當然不可能把我介紹給同事。

眞希望話題到此爲止，只可惜當大家都坐下來開始吃飯時，話題竟然又接下去了。

「金女婿身邊有沒有不錯的人能介紹？你們學校是男女合校，應該會有女老師吧？」

媽很堅持要介紹老師給我認識。

「媽，我告訴妳，現在大家挑對象都喜歡找老師，所以我同事早就都名花有主了。」

「你講這話就不太對了，我們家民眾不夠好嗎？沒對象的都是眼光太高……」

金女婿聽了，顯得有些慌張。

「什麼不夠好？他根本連平均標準都不到。現在的女老師啊，哪裡會看得上跟小雜貨店一樣的出版社員工？」

爸用他那沙啞的聲音挖苦我。

「你怎麼一天到晚在貶低自己的孩子？你的補習班裡有沒有年輕女老師？」

「沒有。就算有……」

「有就該介紹一下吧？」

「介紹什麼？他要自己去認識啊。民眾這傢伙啊，根本還沒有成家立業的資格。」

像是法官判刑一樣，爸說完這些話之後，立刻把自己杯子裡的馬格利喝光。他也不是第一天這樣說我這個不成材的兒子，因此我一點都不在意，只是默默把剩下的蛋捲吃光。

「爸，但現在已經很少人像哥這樣，在一間公司待那麼久了。」

「現在的世界，已經不是靠腳踏實地就能混一輩子了。就應該像你們一樣，進學校去教書。我一直叫他去考個教師資格，他就是不肯聽話。」

爸的話如芒刺在背。妹夫看了看我們的臉色，趕緊再替父親倒了杯酒。媽雖然像是要為我辯護，但只是讓我覺得很刺耳。我想，趕快出門才是上策，便一口氣把剩下的黃豆芽湯喝完並起身。

「真羨慕妳跟妹夫，有寒暑假能放，週末也可以休息。我今天還得去上班。不聽大人的話，就是會變成這樣。」

我丟下一句話，轉身往房間走去，隨後便聽到爸的聲音從背後傳來。

「趁現在趕快聽我的話，我還能在補習班幫你弄個位置。要是真的不想來補習班教書，還可以開間讀書咖啡廳啊。但這些也要你聽得進……」

我決定不理會爸的一連串叮囑，直接進到房間。我連臉都沒洗，只換了一件衣服就帶著背包離開家門。雖然感覺到家人不友善的視線，但一離開家心情就輕鬆不少。我往地鐵站走去，天氣熱得我全身冒汗，而這也確實有助於醒酒。頭腦清醒之後，各種思緒瞬間如汗水般泉湧而出。

不知從什麼時候開始，我變得像住在寄宿家庭的學生。夾在無法溝通的爸爸和成天要我結婚的媽媽之間，我過著蹭免費三餐、回家只是睡覺的寄宿生活。過去還要從月薪裡拿出三十萬韓元補貼家用，現在也都免了。兩年前爸買下的補習班大樓價格水漲船高，我拿出來補貼生活費的那點錢，瞬間變得可笑至極。

爸在青年時期極力對抗朴正熙獨裁政權，所以替我跟妹妹取名爲民眾、民主，現在則搖身一變成爲不動產專家，以及支持政府提升土地價格的老人。該怎麼說呢，爸的人生左右搖擺，卻也左右逢源。他因爲學生運動而入獄，因而免除兵役。出獄後爲了結婚，他進入補教業。打著知名大學高材生招牌的他，靠著學生運動時期奠定的地位和指導能力，送許多學生進入知名大學，後來也一躍成爲知名補習班的明星講師。

三十年的補習班講師資歷，讓他得以買下位於瑞草洞的五層樓建築。他經營的補習班在這裡創造了亮眼的成績。即便如此，爸似乎依然對體制內的教育有些憧憬，因此一直要求我跟妹妹去考教職。妹妹很懂事，聽爸爸的話成了教師，而我不僅沒有修教育學分，更沒有去申請大企業面試。只是在國文系混畢業，配合自己的情況找了間出版社上班，現在已經進入第五年。

媽要我結婚、爸要我去當老師，其實都是只是藉口。他們總說，出版社編輯是不太可能結婚的，當然要到爸底下去學經營補習班，人家才可能看得上我。反正說來說去，他們的結論就是這個，但我對經營補習班一點興趣都沒有，更不想要沾爸爸的光。雖然我是個優柔寡斷的人，但我很清楚什麼事情不該做。我是如此嫌棄庸俗的爸爸，當然一點都不想跟著他做事。即便我這輩子無法做自己最想做的事，卻也很努力讓自己別去做最討厭的事。

所以我才會拚命存錢，希望有一天能搬出去獨立生活。我想擁有一個沒有父母叨唸的地方，去到一個完全屬於我，大吃泡麵也不用緊張的地方。爲了這個目標，最低標準就是租一間全租房。出版社編輯的月薪不高，如果選擇月租，一個月就會少掉三分之一的薪水。我想守住這筆錢，因此剛踏入職場時給自己設定的存錢目標是三千萬。當時的三千萬韓元，可以租到一間小套房。但去年我存到三千萬之後才發現，一般套房的全租押金至少要五千萬。光靠我的月薪，恐怕跟不上直線上升的租金漲幅。還是說我應該要豪邁一點，乾脆去找個半全租？我實在沒有勇氣。看到在妍爲月租所苦的樣子，我就擔心起來。當時我不僅沒有照顧她，甚至還害怕自己會跟她一樣。

由於昨天聚餐續攤到很晚，辦公室此刻空無一人。連週末也把辦公室當家一樣的代表，昨天似乎是有些太勉強自己了，今天也不在辦公室裡。很悠閒，很好。我打開空調，泡了杯即溶咖啡坐到位置上，打開電腦，連上入口網站。

今天我決定來看看她的電子郵件信箱。之前爲了看Facebook、看網誌，一直還沒有時間看信箱。我想，這或許是我最害怕碰觸的一塊。這是我們認識初期，她跟我溝通小說出版籌備事宜的信箱，也是她用來跟那位掌控她的導演聯絡的工具。一直以來，我都有意識地避開這個人，遲遲不想面對這件事。但現在，我決定親眼來看看這個長時間跟在妍糾纏不清的傢伙。

我輸入熟悉的帳號密碼，登入她的電子郵件信箱。她死後，信件匣累積了大量的垃圾信件。我在搜尋欄裡輸入自己的信箱，隨即出現她跟我的信件。我藉著這些信去察看差不多時期的其他信件。因爲我相信，在妍跟我通信的時候，肯定也有收到那傢伙寄來的信。

果不其然，在跟我往來信件討論出版事宜時，也有那傢伙寄來的信。我整理了一下心情，打開那傢伙的信。

韓作家，

妳覺得《Be My Ghost》適合寫成小說嗎？
希望妳不要被出版社騙了，認眞想想拍成電影的事情吧。
還有，那部作品是先寫成劇本的，
就算妳改成小說，著作權還是在劇本上面吧？
也就是說，那是劇本的衍生作品。
雖然那劇本是妳寫的，但也有我的企劃、我的貢獻。
現在妳要出版成小說，只讓我覺得妳是想一個人獨占這部作品。
想做的話就去試試看吧。
妳好像不知道，這劇本我已經登錄共同著作了。^^

萬一妳是想拿小說爲藉口來糾纏我的話，希望妳能搞清楚，這是錯誤策略。

希望妳不要做出愚蠢的選擇……

我重複讀了這封信三次，那傢伙在信裡頭嘲弄、威脅在妍，還大言不慚地吹噓自己偷走了這部作品。眞是不知羞恥！他只是花了兩年指導在妍寫劇本，就跑去偷偷登錄共同著作，並以作品爲餌把在妍困住。她之所以會把《Be My Ghost》改成小說，或許就是爲了擺脫那傢伙的掌控而做的最後掙扎。在這封信裡，明確寫著她不得不放棄出書的原因。

我被提分手的那天，曾問她：

「可以告訴我，妳突然放棄出書的原因嗎？」

她的表情就像看到學生問蠢問題的老師。

「希望妳能知道，就是因爲這件事，我們的關係才開始觸礁。」

她不理會我迫切尋求答案的目光，只顧著將冷掉的咖啡喝完，隨後才開口說：

「《Be My Ghost》是用我寫的第一部劇本改編而成的小說。」

「嗯。」

「不曉得你記不記得，有一個導演跟我一起開發了這部劇本。」

「是那個什麼文導演，對吧？」

「就跟你猜的一樣，我曾經跟那個人交往過，跟你交往之後我也和他見過面。」

「……」

「我離家之後，爲了成爲劇作家而努力的時候，遇見了那名導演，他認同我的想法，讓我很開心。文導演雖然一直沒能拍出暢銷大片，卻有著令人印象深刻的出道作品，也因此獲得一群很死忠的影迷。對我來說，他是我能進入電影圈唯一的人脈。」

「你們是先交往？還是先一起工作？」

「我們沒有特別區分這件事。他那時候因爲第二部電影募資不順而陷入低潮，剛好聽了我的想法，覺得很喜歡，就邀請我一起創作劇本。」

「你們沒簽約嗎？」

「在這圈子，新人說要簽約就像是癡人說夢。我就照他說的，一再修改劇本。創作那部劇本的兩年期間，我一邊在便利商店打工，一邊兼差教瑜伽。」

「但作品最後無疾而終，所以妳才打算改編成小說嗎？」

「改編成小說是過了很久之後的事。好笑的是，他提議跟我分手的時候，差不多就是劇本創作遭遇瓶頸的時候。我受到不小的打擊，但後來他要我幫他看一下其他的作品，我還是傻傻地跑去幫忙看，並協助他修改。」

「妳做的每一件事從來都沒有愧對自己……當時爲何會那樣？」

「我也不知道。我就像老鼠遇上貓，只要他打電話來，我就會心跳加速、無比害怕，卻還是會把電話接起來，然後照他說的去做。我沒有被他掌握任何弱點，更沒有簽什麼奴隸合約……我就只是聽從他的話，跟他維持著模糊的關係。」

「跟那個健身俱樂部老闆交往時也是這樣嗎？」

「之所以會跟那個人交往，也是因爲我需要一個擺脫文導演的契機。安迪是個好人，只是我即使跟他交往，也無法擺脫文導演的陰影。每當我就要忘記他的時候，他就會聯絡我說有新的投資人對《Be My Ghost》感興趣，要我再改一下劇本。我明知道他更專注於其他作品，卻還是被他的話說動，我也覺得這樣的自己很愚蠢、很讓人生氣。」

「那妳有聽他的，繼續改劇本嗎？」

「沒有。後來我決定自己改成小說，爲了創作出專屬於自己的作品。當時你們出版社看好這本書，決定幫我出版，我也希望《Be My Ghost》能以小說出版，藉此機會擺脫文導演。我想按照自己的心願，成爲一個跟他沒有任何關係的作家。」

「可是……那個人又再度出來攔截，對嗎？」

「……」

「對吧？那傢伙威脅了妳吧？還是他又拿其他的東西來勾引妳？」

「別說了，繼續說下去會顯得我很可悲。」

「說說看，這樣我才能想辦法做點什麼啊。」

「你憑什麼？這是我的問題。我可以確定的是，我沒辦法把這故事出版成小說，但他也無法拍成電影。因爲我絕對不會同意。」

「這樣妳就滿足了嗎？」
「好了，不要再說了。」
在妍十分鬱悶，只見她乾咳了幾聲，而我則是努力壓抑自己激動的心情。
「我曾經只希望能出版小說，成爲一個可以自立的小說家。可是現在這個念頭沒那麼強烈了，就算沒成功出版小說，就算不能再繼續跟你一起……」
「韓在妍……妳……」
斗大的淚珠從她的眼中滑落，她沒有伸手去擦，只是看著我說：
「所以我們就不要埋怨彼此了。這段時間……很謝謝你。」
我的心情如野火燎原，眼眶裡也開始泛起淚水。
「我……覺得很冤枉，實在太不甘心了，我們爲什麼非得這樣分手？」
「我知道你因爲書不能出版大受打擊，但我也是啊。只要見到你，我就會想起書沒辦法完成的事情，每一次見面都讓我很心痛，這也是無可奈何的事。雖然我最後想跟你一起去濟州島旅行，但我也感覺到你很痛苦。所以我才一個人去了濟州，一個人整理好了心情。我們就到此爲止吧。」
我也哭了。雖然拿衛生紙去擦，但眼淚還是停不下來，甚至哭到要擤鼻涕。相較於我，她就像早已做足辯論準備的律師，沉著冷靜地整理滿是衛生紙的桌子。坐在咖啡廳角落的我們，就跟一般情侶一樣，在激動的情緒中談著分手。

那天，我沒能挽留她。

而至今也沒能忘記她。

現在我終於查出那個像蛇一樣可恨，不停折磨著在妍的傢伙都幹了些什麼勾當。了解他對在妍做了什麼之後，那股茫然的敵對感突然變成具體的憤怒。或許我早就該察覺的是這股憤怒，而不是在妍傷了我的心。

我很想看看這傢伙長什麼樣子，於是在網路上搜尋他的名字。文宇謙，打出這三個字之後按下輸入。畢竟這是個不常見的名字，他又有個沒那麼稀鬆平常的職業，網站很快就跳出了這名電影導演的資料，還有幾部他參與過的作品。以男人來說，他的頭髮算是有些長，遮住耳朵讓人覺得他十分感性。不落俗套的粗框眼鏡增添了一絲知性氣息。銳利的下顎線與高聳的鼻尖，則散發出敏感的藝術家氣質，透過眼鏡凝視鏡頭的單眼皮小眼，閃爍著冷漠的光芒。

簡言之，就是個具備感性、不落俗套又冷靜細膩的男人。既沒有安迪的活力與魄力，更沒有我的善良，但其他的他都有了。

我按捺住想打爛那張臉的念頭，將頁面往下捲動，立刻看到有關他的最新消息。

「文宇謙導演新作《Ghostwriter》入選威尼斯影展競賽部門。」

是三天前的最新消息。我反射性地點入新聞頁面，證實我不祥的預感沒有錯。

「電影《Ghostwriter》是講述替人代筆維生的主角，在偶然機緣下得到了『抄寫能力』，並進一步讓世界改變的故事。故事設定非常特別，是一部驚悚懸疑片，在當地的試映會獲得廣大好評，得獎呼聲非常高。」我特別注意到新聞的這段文字，忍不住發出一聲嘆息。

這聲嘆息，不知不覺間變成呻吟。我的呼吸越來越急促，繼續讀著這篇報導。「文宇謙導演沒有被出道作品低迷的成績影響，花費六年時間，嘔心瀝血親自創作出這部劇本，並在去年秋天正式開拍，一年後終於端出亮眼成果。」

「親自創作的劇本？」

我不屑地哼了一聲，忿忿不平地起身在辦公室來回踱步，試著平息心情。努力恢復平靜之後，我才再回到座位把那篇新聞讀完。新聞寫到，在威尼斯影展入圍競賽部門獲得關注之後，製作公司正在規畫盡快讓《Ghostwriter》在韓國上映。

爲了讓自己冷靜下來，我走到廁所洗了把臉，抬頭看著鏡中的自己。我的臉就像幽靈一樣蒼白。那一刻，我突然懂了，那傢伙收到簡訊，得知了在妍的死訊，然後就開始動起這個劇本的腦筋。既然在妍死了，他就以爲自己能盡情使用她的作品，不會有任何問題。

我，我會成爲他的問題。

我立刻用在妍的帳號，登入她加入的劇作家社團，下載她在那裡分享的最新劇本檔案來看。果不其然，裡頭也有《Ghostwriter》。我立刻打開下載好的PDF檔案，首頁寫著這樣的內容：

Ghostwriter

劇本／導演　文宇謙

上頭果然找不到在妍的名字，眞讓人生氣。我瞬間化身犯罪現場的刑警，開始讀起這個劇本。長達七十頁的檔案，一下子就讀完了。劇本的內容跟小說一樣，角色、情節、主要背景和一些小插曲都幾乎沒有更動。只是結局不太一樣，因爲在妍在籌備出書時修改了結局。

光是這樣，文導演的劇本還是與在妍的小說脫不了關係。不，那不是文導演的劇本。我立即去在妍的信箱，找出她寄給文導演的《Be My Ghost》最終版劇本。我在附件裡找到最終版本並下載下來，很快掃過一遍。

內容跟我剛才在劇作家社團下載的檔案幾乎一模一樣，根本不需要細看。在妍寄出的《Be My Ghost》最終版劇本，就是文導演的《Ghostwriter》。沒想到他竟然這麼不要臉……得知在妍的死訊之後，他就迫不及待地做出這種事……這傢伙簡直無法原諒。

我離開辦公室，漫無目的地在街上閒晃。初秋時節，忍受著依然悶熱的天氣，我不斷走著。不知不覺來到了弘大街頭，我感覺口乾舌燥，呼出來的氣都有一股燒焦味。聽說走路有助穩定心情，我卻反倒渾身燥熱，難以忍受。

我看了看四周，注意到曾經合作的日文譯者K愛去的黑膠唱片酒吧。這間店位在一棟商業建築的二樓，名叫「幸運士兵」。我每一次去都沒客人，總是好奇為何它還撐得下來，今天決定去一探究竟。

即便是星期六傍晚，店內依然沒有客人，也沒有看見老闆。這家店到底是想怎樣呢？我知道這裡本來就是主打一切自助，便自行走到冰箱旁，拿了兩瓶跟炸彈一樣巨大的韓國啤酒，往窗邊的座位走去。這時，老闆才出現送上杯子、開瓶器與下酒的蝦味先。我立即打開啤酒，咕嘟咕嘟把杯子裝滿。雖然泡沫流了出來，但我一點都不在意，倒好後就拿著杯子大口喝了起來。只是我並不覺得好喝，反倒像是消化不良時喝汽水一樣。我打了個嗝，感覺空虛極了，只好拿起蝦味先往嘴裡塞。

稍微冷靜之後，我才終於注意到窗外的風景。週末的弘大街頭五光十色，只有我躲在這昏暗的酒館裡。老闆播放起被翻唱後成爲電影主題曲的懷舊流行歌，我這才感到平靜一些，腦袋也比較能轉了。我開始思考，要怎麼才能揭穿那個無恥的傢伙？接著很快有了答案。

那就是出版在妍的書。

那本書已經編輯完成，連封面都決定了。雖然當初已經說要當作沒出書這回事，但她並沒有把簽約金退還給出版社。我一直想說服她出版，便沒有催促她退還簽約金，也因此公司這邊並沒有將那份合約作廢。

一度對替她出書失去興趣的代表，現在應該會答應出版。他的直覺比任何人都要敏銳，聽完這段時間的事情經過，他肯定會發現能藉著話題讓書大賣一波。在妍的書出版之後，兩部作品之間的相似性將會成爲話題，最後全天下的人都會知道，文宇謙的作品才是抄襲。在妍與文宇謙之間往來的眾多信件和劇本，都會成爲證據。

一想到可以替在妍出書，也能嚴懲這個傢伙，我的心便恢復平靜。我豪爽地又乾了一杯啤酒，開始想像文宇謙陷入困境的樣子。我絕對會讓他那高傲的臉變得無比扭曲。剽竊在妍的作品，我絕對要讓他道歉。下定決心之後，我感覺更舒坦了。

我的手機開始震動，看到來電的人是安迪，我心情瞬間跌到谷底。我帶著酒氣，還有想跟他大吵一架的心情，接起了電話。

「老哥，昨天有順利到家嗎？我看你好像喝了很多。」

「我才想問你，叫你傳帳號給我，是喝酒喝到忘記了喔？」

「哎呀，那件事喔……跟你說完之後我才發現，我的帳號被凍結了啦。」

「那我就無法轉帳給你了，這也沒辦法。」

「你現在在哪？在外面吧？」

「幹麼？」

「我現在過去啊，去找你。」

「你來幹麼？」

「去跟你拿錢啊。」

「傻眼……你是有把錢寄放在我這喔？還是我有欠你錢？」

「別這樣，幫我一下啦。」

「不行，我很忙。」

「聽你那邊的音樂聲就知道你在喝酒，別想騙了。我馬上過去啦，快跟我說。」

「我已經喝完了，現在要走了。」

「你這人也太無情了吧。」

「還無情咧……我跟你哪裡有什麼情？」

「老哥，我們一起辛苦了五天四夜耶。去了南海、麗水、濟州島……不是嗎？」

「……」

「我是眞的很感謝你，也很開心能跟你一起走這一趟。」

「好了啦，別說了。」

「要不是你，我可能會直接一頭跳進南海再也不回來……眞的啦……好嗎？」

「知道了，不要再講了啦。」

「所以你就再幫忙我這一次，就當是救我一命，拜託了，苦民眾先生，好嗎？」

人有時候會因爲無謂的責任感而搞砸自己的人生。明知道不能相信這傢伙的話、明知道會給自己惹麻煩，卻還是開始想像安迪坐在我對面的樣子。甚至還有了幻聽，那油腔滑調的笑聲彷彿就在耳邊響起。我開始想像，把錢拿給他之後，要趁機好好訓斥他一頓。我想要毀了自己。

「你來弘大再打給我，七號出口附近。」

「好，我立刻衝去。」

掛上電話，我把啤酒喝完。

我到底做了什麼？

該死，我竟然有點想念這個狗崽子。

就在我喝完第三瓶啤酒時，像子彈一樣飛奔前來的安迪已經坐在我對面了。他下半身那件群青色的愛迪達運動褲無比骯髒，上半身那件耐吉短袖T恤，則是跟巴西足球代表隊制服一樣的黃綠配色。只是那件衣服似乎有些太小，幾乎都要被他的肌肉撐破。再加上他頭髮沒剪、鬍子也沒刮，簡直就像一團雜草，看起來有如好萊塢電影裡飾演反派的東歐壯漢。

他一來就立刻乾了一杯啤酒，然後說他還沒吃晚餐，便看了看菜單，點了一份熱狗。接著又逕自替自己倒了一杯啤酒，大口喝了起來。我靜靜看著他，思考著我到底做了什麼。

「弘大有很多好地方，怎麼會來這種鳥不生蛋的店？」

通電話時那哀求的口氣早已消失得無影無蹤，只見安迪傲慢地看了看整間店。

「搖滾永遠不死？老哥，你喜歡這種喔？女人最討厭這種東西了。」

安迪指著牆上用油漆寫著的字句。

「但啤酒的溫度很棒。應該是生意不好，一直冰在冰箱才能有這種溫度，呵呵。」

我怕被老闆聽到會很丟臉，便不耐煩地看著他。只見他舔了舔嘴，繼續替自己倒啤酒。我問：

「你之前說那什麼事業，都是騙人的吧？」

「你懂什麼？只是出了點意外啦。」

「那你現在要怎樣？」

「要重來啊。反正我一開始也是什麼都沒有啦。」

「我只能給你一百萬左右。」

「有就好，沒關係。」

「錢要還我。」

安迪呃了一聲，用鼻子哼了一聲，又一口乾了啤酒。

「我給你一個忠告：少在那亂來，錢珍惜著用，去找間健身房上班。」

「唉唷，朋友，我二十三歲以後就沒拿過別人的錢了。都是我自己去賺錢，再用那些錢來請人，好嗎？我就是這樣過來的。」

「是喔？我的錢不就是別人的錢嗎？現在爲什麼又要來拿我的錢？」

「你怎麼又來了？欸，這些錢只是我們那幾天花費的N分之一而已耶。」

「昨天你明明是說要跟我借錢。」

「幹，好啦，我會還你啦。老闆，我們這裡的菜什麼時候要上？」

這傢伙似乎是餓了，不耐煩地又乾了一杯。他點的熱狗很快上桌，安迪拿起叉子，像是跟熱狗有仇一樣用力戳下去，一口塞進嘴裡。我則去上了個廁所，然後走到店外，到對面的便利商店領了一百萬韓元現金。這些錢，應該差不多就是我在那趟旅行之中的花費了。

回到店裡，我直接把一百萬元交給安迪。安迪接過那一疊沒有裝在信封裡的紙鈔，隨手塞進褲子口袋裡，並把拉鍊拉上。

「謝啦，朋友。」

「不要再叫我朋友了。」

「好啦，老哥。」

「明明就比我小……」

「眞是的，就叫你不要用身分證上的生日來判斷年紀了。」

「在妍知道你年紀比她小嗎？」

「不知道。」

「眞的不知道嗎？還是假裝不知道呢？」

「……如果是她，還眞有可能假裝不知道。」

安迪拿起杯子，我也跟著拿起來。我們乾杯，並各自把酒喝完。喇叭開始播放由風琴演奏的激昂歌曲，安迪似乎是注意到了什麼，向我使了個眼色。

「我知道這首歌……叭叭叭叭、叭叭叭叭、叭、叭叭、叭叭叭。」

這是普洛柯哈倫的〈A White Shade of Pale〉，是在妍喜歡的歌。在微醺的狀態下聽到這首歌，感覺眞好。只是安迪跟著前奏哼唱，讓人有些煩躁，他該不會也知道歌詞吧？

「叭叭叭、叭、叭叭……」

神經……居然用「叭叭叭」來跟著旋律哼唱。我決定邀他乾杯，用來堵住他的嘴。果然乾完杯他就閉上嘴，太好了。

我第一次聽到這首歌，是跟在妍看完電影後的事。那是馬丁・史柯西斯導演的舊作，片名我想不起來了。只記得是講一個神經質的畫家，和他的女學生之間發生的愛情故事或是愛恨情仇，大概就是這種內容。那整部電影在妍都很喜歡。包括導演、本人個性很糟糕的中年男演員、嘴巴很大的女演員，還有電影中間這首令人心酸的配樂。

「叭、叭、叭、叭、叭叭叭叭、叭叭叭叭、叭、叭叭、叭叭叭。」

媽的，安迪的嘴巴又開始不安分了。他沒辦法把歌詞唱出來，就跟著間奏哼。只見他輕輕閉上眼，用豐沛的情感一再重複叭叭叭，還用手做出彈吉他的動作。

蠢耶，這不是吉他，是風琴啦。我看到站在櫃檯的老闆露出不懷好意的笑容。

「在妍很常聽這首歌，你知道吧？」

「如果要讓別人忘不了你，有兩個方法。」

「什麼？」

「一個是一起聽超讚的音樂，一個是做一些變態的行爲。」

「所以……在妍是這樣才會讓我聽這首歌吧？呼。」

「而你則做了些變態行徑。」

「什麼？我很健康好不好！老闆！剛才那首歌再播一次，好嗎？」

「人家放歌的時候你不要跟著唱啦，有夠變態。」

「你不要那麼挑剔好不好……我們一邊聽歌一邊想她嘛，好嗎？」

「你先不要跟著唱，我才有可能沉浸在思緒裡啊，好嗎？」

「嗯。」

剛才那首歌又重播了一次，這次安迪也靜靜聽歌，我這才能好好享受。天色越來越暗，我彷彿能看見在妍越過黑夜，來到這間燈火通明的酒吧，坐在我們身邊的模樣。半閉著眼聽歌的她，讓我聯想到電影裡那個嘴巴很大的女演員。

歌曲結束後，安迪跟我喝光了第八瓶啤酒。不知是沉醉在歌裡，還是眞的喝醉，安迪雙眼濕潤，對著我說：

「在濟州島那條山路上那樣送走在妍的時候，骨灰就這樣飛到空中的時候，我決定我要大哭一場，我決定我永遠不會忘記她。」

聽了這傢伙的話，文宇謙的事情一下子卡在喉頭，我想把這件事情告訴他。但最後還是努力壓抑住這股慾望和衝動，沒告訴他整個事實，沒跟他說只有我能替在妍報仇，沒嘲笑他什麼都不能做。

「是誰？你一定知道吧？」

我沒有回答，只顧著喝酒。既然他知道在妍的Facebook密碼，那想必也會知道信箱密碼，只是他似乎沒想到這一點。果真是個頭腦簡單的傢伙。氣餒的安迪不知何時埋頭趴在桌上打起瞌睡。忘了是誰說過，冰冷的復仇最美味。而此刻我一再喝著冰涼的啤酒，彷彿那啤酒是用復仇做成的。

一陣寒意襲來，我醒過來，發現自己在一個陌生的地方。看了看四周，這是一間套房，身旁則有一個背肌發達的傢伙蜷縮在那睡覺。空調溫度不知開得多低，我的手腳非常冰冷。我坐起來，用腳踢了踢安迪。

我穿著拳擊內褲坐到中島餐桌邊，接過那傢伙遞來的水喝了幾口，這才終於稍稍回過神來。

「居然把我帶到盆唐來……」

「是你自己跟我來的。」

「少騙了！」

「你還記得多少？昨天我說要回家，你說你不想回家，自己跟我來的！」

「我才不相信你！」

接著安迪打開冰箱，拿出一個便利商店的塑膠袋放在桌子上。袋子裡裝了四罐啤酒、三明治和微波熱狗。全都是我喜歡的。安迪開了一罐啤酒遞給我，我不服輸地接過來喝了幾口，安迪再開了一罐。

「你在這裡住多久了？」

「五年左右吧。押金都被扣光了，差不多要搬了。」

「那在妍也來過這囉？」

「當然。」

「眞好。」

「你家呢？我記得你跟爸媽住吧？呵呵。」

「那你有去過在妍家嗎？」

「沒有。」

「我有。」

「眞好。」

安迪像在做什麼運動一樣，一把將空了的啤酒罐捏扁，接著點起一根菸。我也向他討了根菸，他便把香菸跟打火機一起拿給我。這個在泗川港逼得我不得不去濟州島，附有錄音功能的打火機，上頭刻著「一級祕密」的商標。我模仿安迪，朝打火機底部用力按了一下，打火機的蓋子便應聲打開。紅色的錄音鍵與播放停止鍵出現在眼前，我按下播放鍵，聽見自己醉醺醺的聲音。

「你去哪找來這種東西的……」

「要給你一個嗎？」

在我回答之前，安迪就打開櫃子，拿出一個瓦楞紙盒。同一型號的打火機就像磚頭一樣，整整齊齊地擺放在盒子裡。

「這是什麼啊？」

「你這傢伙，是一級祕密啊。別看這打火機這樣，這是有專利的。」

拿著這些因爲品牌經營失敗而剩下的大量庫存品，安迪一臉驕傲。看我沒什麼反應，安迪便立刻點起火來。看來它唯一的優點就是火力很強。

「這東西推出的不是時候……但我之後打算繼續鋪貨，你等著看吧。」

「現在用手機錄音就好啦，哪有必要大費周章用打火機錄音？是特務喔？」

「臭小子，以後這種東西也會變得很重要啦。是我走得太前面了。」

「你之前那什麼騎馬時代的，也是走太前面才失敗嗎？」

「你真的很會挖苦別人耶。現在的人一天到晚都要錄音存證啊，用手機錄音是不是太明顯了？這東西就是不明顯，才會讓你也上當嘛，對吧？」

「我是因爲喝醉酒才……」

「好了啦，你平常都在哪抽菸？不就是找個隱密的地方、談一些隱密的事情才會需要配香菸嗎？香菸就是這樣的東西啦，我可是靠這個弄了十幾個喜歡說話不算話的傢伙喔，你知道嗎？」

「好啦，那你就再去賣賣看啊。加油，很好，一定會大賣，超讚。」

就算我這樣挖苦他，安迪依舊對自己的事業報告很滿意。只見他露出心滿意足的微笑，然後塞了一個打火機到我面前。

「收著吧，外面要賣兩萬韓元。」

他一副善心大發的樣子，我給了他一個不屑的笑容，並收下打火機。我看著那上頭燙了金箔的「一級祕密」四個字，其實安迪還忽略了一件事——這打火機太顯眼了。這個叫一級祕密的打火機賣越多出去，就離眞正的祕密越遠。商標本身就已經在昭告天下這東西有錄音功能，哪有可能祕密錄音啊？但我也不想反駁安迪，因爲我覺得他一定會想盡辦法合理化自己的想法，畢竟他本來就是那種靠蠻力的傢伙。

離開他的套房，我們去吃了醒酒湯。店名叫大口鮟鱇黃豆芽醒酒湯，湯裡還眞的有鮟鱇魚肉。店裡一名滿臉鬍子卻忠厚老實的四十多歲大叔，看起來跟安迪很熟的樣子。總之，醒酒湯很好吃，我也覺得胃舒服多了。只是就在我有不祥的預感時，安迪也開了口。

「對了，在姸也吃過這醒酒……」

「不要說了。」

「好。」

讓他閉嘴後，我專注吃著醒酒湯。電視上正在播報新聞，突然我停下手中的動作，全副精神都集中在電視上。因爲這時剛好報到文宇謙在威尼斯影展競賽部門得到銀獅獎，返抵國門舉辦記者會的消息。

機場擠滿了記者。一副休閒打扮，頭戴紐約洋基棒球帽的文宇謙，和電影女主角李友彬一起接受閃光燈的洗禮。笑容輕鬆的文宇謙，跟笑容燦爛的李友彬站在一起，畫面非常和諧。文宇謙說他接下來會更積極投入新片拍攝，並請大家多多支持很快就要在韓國上映的《Ghostwriter》。記者問他如何能在六年的空白之後，拍出如此出色的作品，他說：

「我一再修改劇本，才終於讓它成爲這樣一部好作品。」

我強忍住心中那股作嘔的感覺，死盯著電視螢幕。而安迪看到我的反應，也跟著看向電視。

「哇，快看李友彬的胸部。」

「……」

「那個導演，肯定跟李友彬有一腿吧？導演不都喜歡跟演員搞在一起……」

安迪嘟囔著，似乎沒想太多。

「就是那傢伙。」我下意識地說出這句話。

「什麼？」

「文宇謙導演，就是他。」

安迪的目光在我跟電視之間來回，瞪大眼睛向我再一次確認。

「那傢伙就是跟在妍合作過的導演。現在在國外得獎的那部電影劇本，就是在妍寫的。」

「什麼？眞的嗎？」

「那傢伙知道在妍死了，所以才擅自決定把電影拍出來。」

「確定嗎？」

「確定。」

安迪死瞪著電視螢幕。畫面上開始打出文宇謙的個人檔案。

「文宇謙？我得找一天去見見他了。」

安迪的聲音非常沙啞。

「見他要幹麼？」

「教訓他一下啊。」

見我搖頭，那傢伙便「哼哼」用鼻子吐了兩口氣，一副要我等著看好戲的態度。我也不是不知道他就愛裝模作樣，便沒多說什麼，只是低頭把醒酒湯吃完。

離開醒酒湯店，我們就分開了。臨走前安迪還說一定會還我錢，我跟他說不用急。他笑了一下，對我揮了揮手，便拖著步伐往他的套房走去。

我朝地鐵站走去，天氣依舊很熱，我只能走在樹蔭下。

星期一早晨，我一到公司便開始整理資料。

代表到了下午才來上班，而我則立刻到他的辦公室去報告。擁有敏銳直覺的代表，在我話講完之前就已經大概掌握狀況了。

「所以你是想出這本書，跟他硬碰硬，是吧？」

代表雙手握拳，讓自己的兩個拳頭互撞在一起。

「書一出版，就一定會起衝突。引起話題確實能夠大賣，但我覺得更重要的是守住我們的作品。」

「原作者同意了嗎？那個高個子的女人，她現在願意出書了嗎？」

「韓在姸作家……去年就因病去世了。」

「什麼？哎呀……」

「但合約還沒作廢，我們還是能夠出書吧？」

代表歪著頭看我，那好像知道些什麼的表情讓我很不滿意，但我還是默不作聲。

「好吧，出書應該也能了卻一樁心願。這是一回事啦，但總覺得應該能大賺一筆。立刻就去執行吧，得配合電影上映出版，要趕快開始印，新聞稿也要好好準備。你不用做管理組長的事，全力做這本書就是了。」

離開代表辦公室，我開始有些感謝全力支持我的代表。

我指示設計師鄭室長，把早已做好的《Be My Ghost》封面重新拿出來。接著我把之前已經定稿的小說印出來，準備做最後的校正。

重讀在妍的稿子，她的身影在我腦海中不斷徘徊。我特別畫線的句子、一起修改過的用詞、一起替配角取的名字，我一邊回想曾經跟她一起做的許多事，心一邊劇烈跳動著。我專注在字裡行間，這是作者本人無法再度查看的最終校對，因此我必須更加專注才行。

與此同時，電影《Ghostwriter》也很快決定了上映日期。在得獎的加持之下，文宇謙導演清秀的外貌也成了話題焦點，進而使大眾更加關注這部作品。電影發行商緊急決定在中秋節上映，並開始展開大規模的宣傳。

在「苦盡甘來，第二部作品終獲國際認證」的宣傳口號之下，文宇謙再度受到關注，而我則燃燒鬥志，一篇不漏地看了他所有的訪問。在每一次的訪問裡，他都不曾提到過劇作家。我相信拍戲的時候，現場肯定有人知道文導演的這部作品，劇本創作者是另有其人，卻沒有人出來說句話。不知是不是因爲記者都不知道眞相，所以沒有一間媒體提及此事。彷彿所有人串通起來刻意排擠在妍，眞讓我難過。

說來說去，都得要書出版了才會掀起話題。這樣一來，就能讓大家認識在妍，也能讓大家看清那傢伙卑劣的眞面目。我在新聞稿裡，詳細寫出小說《Be My Ghost》與電影《Ghostwriter》如此相像的原因。並寫下小說原作者曾經以編劇的身分和文宇謙一起工作，自己的作品卻被搶走的事情。

看完這篇新聞稿，代表相當滿意。代表的個性就像鬥雞，這篇新聞稿有如一把最鋒利的武器。電影上映前一週，代表將新聞稿放進公事包裡，指示我封面一出來盡快拿給他看，然後就下班了。鄭室長跟我拿著幾個暫定的封面開會討論，這讓我久違地感受到做書的喜悅。看著這樣的我們，總編非常不耐煩，但我一點都不在意。

我、鄭室長、吳代理和實習生四個人留下來加班，點中式料理外送當晚餐果腹。

「書出來之後應該會很轟動，導演肯定會吃驚。」

聽完事件的原委後，吳代理有感而發。

「就是因爲有這種小偷橫行，國家才會變成這樣啦。」

鄭室長一邊咀嚼餐廳送的餃子一邊說。

「組長，那部電影是叫《Ghostwriter》對嗎？」

實習生問，而我點點頭。他用手機搜尋那部電影，我則放下了筷子，督促鄭室長要在今天決定封面。就在這時，實習生驚呼了一聲。

「天啊，你們快看。」

「怎麼了？」

「我搜尋那部電影，結果就跳出這個新聞，說是在《Ghostwriter》的試映會上，導演跟觀眾打招呼的時候，有人衝出來……」

我們都轉頭看向實習生，而我也突然心頭一驚。

「有人衝出來……拿屎去扔導演。」

「天啊，好髒！」

「那個人被抓了……哇，聽說他把屎裝在放有乾冰的蛋糕盒裡。」

「他們是有仇嗎？」

「這個人好像是瘋子，他扔屎的時候還一直胡言亂語……」

我也趕緊拿起手機，一打開新聞網頁便看見這則緊急速報。「《Ghostwriter》文宇謙導演，遭到意外攻擊——他問候觀眾時突然有怪人闖入，朝他的臉潑灑人糞……」我點進去，相關新聞跟照片都不斷更新。由於是在貴賓試映會現場，有許多記者出席，也因此有大量的現場照片，我不斷點照片來看。

我最先看到的照片，是舞台後方有一名穿著西裝，看起來像是保鑣的男子，提著蛋糕盒上台。這名身材健壯且戴著墨鏡的保鑣，身材和走路的姿勢一看就知道是安迪。

從其他照片中則能看到，安迪一把抓住驚慌失措的文宇謙，讓他怎麼也跑不掉。而文宇謙則脫掉眼鏡，露出慌張的神情。

再點到另一張照片，則是安迪把蛋糕盒扣到文宇謙頭上的樣子。

下一張則是經典中的經典，文宇謙跌坐在地，臉上和頭上沾滿了黃色的糞便。而安迪好像一隻咆哮的野獸，正對文宇謙大吼大叫。四周的人害怕糞便沾到身上而退開，臉上的表情則是驚訝無比。

最後一張照片，是滿身糞便的文宇謙身後，安迪被其他保鑣架走的畫面。看到他氣得滿臉通紅，被拖走的同時還一邊大吼大叫的模樣，我心底升起一股難以言喻的感受。既不是高興，也不是痛快，更不是擔心或惋惜，就是一股奇妙的感受。

鄭室長找到一個現場影片，立刻播給我們看，大家都專心地看著影片。

「混帳東西！是你害死的！是你害死了在妍!!」

影片裡，安迪的聲音響徹整座影廳。

我回到自己的位置，打開影片一再播放。這時，我才終於隱約能明白自己心中的情緒。那是悲傷，也是一種共鳴。是安迪對在妍的悲傷、是我的悲傷，是我們的共鳴。

根據以「《Ghostwriter》試映會現場，發生不明原因的人糞攻擊事件」爲題的連續報導，姜並俊面對警方的調查和記者的提問，都沒有做任何回應。怎麼可能？安迪可是比任何人都愛嚷嚷、比任何人都愛說話，不是嗎？

影片一下子在網路上擴散開來，網友開始做出各種推測、以嘲笑的心態把影片製作成哏圖。甚至有人推測，姜並俊過去擔任文宇謙的保鑣，但文宇謙實在太沒有禮貌，才會發生這種事。

一篇報導特別點出「是你害死了自然」（安迪太激動了，因此在那個影片裡，在妍聽起來像「自然」＊。）這句話，推測姜並俊可能是激進的環保運動人士，對電影裡用電腦動畫做出來的森林燃燒場景有一些誤會。

另一篇報導則提及姜並俊過去當過臨時演員，文宇謙曾與他簽約並答應給他演出機會，最後卻沒有履行合約，因而發生這起意外。這個說法聽起來倒是挺有可信度。

安迪為何不解釋？回到家後，我依然重複播放那個影片。每重播一次，我的目光就越是從安迪憤怒的臉上，轉移到受盡屈辱的文宇謙身上。與其說是覺得痛快，不如說是覺得那情景既可笑又怪異。

我就像個對垃圾食品上癮的人，不停重播那段影片，並發現安迪大喊「是你害死了在妍！」時，文宇謙的表情有一絲微妙變化。平時總是以冷靜的形象示人，即使遭遇潑糞攻擊也沒什麼表情變化的文宇謙，卻在安迪提到在妍的時候，突然瞪大了眼睛看著他。

那傢伙肯定知道這是為了在妍所進行的報復。或許正因如此，他對這件事一律不發表任何意見。網路上有人開玩笑說，懸疑驚悚劇《Ghostwriter》最大的謎團，就是這起潑糞攻擊事件。

當天的晚間九點新聞也提到了這起事件。無論是好是壞，既然開始有了聲量，反倒有助於電影票房。在海外電影節獲獎，再加上潑糞攻擊，讓這部電影上了晚間九點的主要新聞時段，也使得電影幾乎確定會大賣。這部片的發行商旗下經營的連鎖影城都擁有多個影廳，這次更是破天荒讓上映當週的放映廳數從五百廳增加到一千廳。即便增開了這麼多廳，電影票仍是一票難求，預售成績穩坐冠軍，顯示大家對這部作品有多麼好奇。安迪的攻擊，反倒爲電影的賣座添了把火。

我聯絡不上安迪，不知他是在接受偵訊，還是被關在看守所。我很擔心他，要不是我把文宇謙的事告訴他，他也不會做出這種事，我很自責。但越是這樣，我的鬥志就越旺盛。我徹夜完成四版封面和書腰的文案，也完成了最終校對。

隔天，我把封面和努力一晚的成果拿去給代表。代表用下巴示意，要我把東西放在會議桌上就離開，目光也立刻轉回電腦螢幕。我有些鬱悶地來到代表身旁。

「代表，這件事很急，需要你立即確認。」

代表整個人向後仰，一臉不可思議地上下打量我。

「總編沒跟你說嗎？出版的事要暫停。」

＊「在妍」的韓文發音與「自然」類似。

瞬間，我的心涼了半截。總編肯定是爲了給我難堪，所以刻意沒告訴我。但代表爲什麼決定暫停？爲什麼一副事不關己的樣子？爲什麼要暫緩出版計畫？

「代表，我們不是說好要出版了嗎？那之前說過的又算什麼？」

「算了啦，去惹這種麻煩事沒好處。」

代表是那種凡事都要插手，試著去碰撞、去榨取利益的人，這樣翻臉比翻書還快實在很奇怪。他也明白我發現異狀，但他依舊是這個態度，所以我很快有了答案。

「對方先跟你接觸過了吧？」

「你出去吧。」

「你拿我寫的新聞稿，去跟電影公司或文宇謙談過了吧？」

代表不屑地笑了一聲，斜眼看著我。

「對，我去談過了，所以我們公司會得到很大的好處。」

「我是不知道你談了什麼，但我一定要出這本書。」

「神經，我從來沒簽過那本書。合約已經轉給電影公司了，而他們肯定也已經把合約拿去碎掉了。你不是說那女生也已經死了嗎？」

「你說什麼？」

「怎樣？哪裡不對嗎？現在沒有合約，作者也死了，是要怎麼出書？」

手。

代表一副沒什麼大不了的樣子，我頓時語塞。是我太大意了，這件事不該跟代表聯

「你繼續專心負責管理組的事吧。」

我拚命瞪大了眼睛看著代表，瞪得眼珠都要掉出來了。

「還有，你不要太囂張。」

代表又補上一句，隨後便繼續看著電腦螢幕。我低下頭，看到眼前那張會議桌上，放著在妍那本書的最終校訂稿和封面。她的書再一次被這樣的人給忽視，甚至遭到利用……我的心劇烈跳動，呼吸也急促起來。

「媽的……」

代表抬起頭來看我。

「什麼？」

「喂，你這狗娘養的王八蛋。」

「你說什麼？混帳東西，你瘋了是不是？話是說完了沒有？」

「不，我還有話要說！你知道你自己在做什麼嗎？你現在是跟小偷站在一起，讓我們的簽約作家死第二次，你懂嗎？」

「怎樣？臭小子……找死是不是？」

代表站起身朝我衝了過來，腳卻不小心踢到會議桌的桌角。一陣哀號聲傳來，他整個人蹲了下去。我拿起放在會議桌上的最終校訂稿，高高舉起那厚得有如兩本電話簿疊在一起的稿子，朝他的頭上打下去。

啪搭。

悶悶的撞擊聲傳來，代表當場暈了過去。後腦杓遭到重擊，他倒在地上失去意識。既然他從背後捅了我一刀，那我從後面打他一下也是應該的。

這就是欺騙我的代價，至於利用在妍創作的罪，以後再跟他算。我在心中反覆提醒自己，離開了代表的辦公室。

似乎是聽見辦公室內的騷動，我一走出來，大家便對我投以擔憂的目光。我回到自己的位置，拿起背包準備離開。鄭室長慌張地看著我，我向他使了個眼色，撇下所有人往大門走去。總編輯似乎是立刻進去代表的辦公室查看狀況，這時他衝出來對我大喊：

「喂，你這傢伙！我要報警!!」

我對她比了個中指，然後離開辦公室。

我離開公司，走向地鐵站。下午的望遠洞街頭，涼爽的風迎面而來，我感覺自己活著。雖是爲了討口飯吃而上班，但我卻覺得自己只是在生存，而不是在生活。

同時，我也想起了韓在妍。在出版她的書這件事上，我又再一次失敗，而這等於是第二次殺了她。不能讓事情這樣下去，我無論如何得想個辦法。而我同時也覺得，那個方法就是必須當面跟文宇謙談判。我決定要去見見他。我加快腳步，做決定的速度也快了許多。我已經不再是那個無法輕易做出決定、優柔寡斷的傢伙了。

代表後來去了醫院，並拿驗傷證明來告我。因爲沒有明顯外傷，因此驗傷證明並沒有太大用處。我不打算跟他和解，便在警察局繳罰款了事。代表氣得臉紅脖子粗，警告我走夜路最好小心點。我則回他，叫他小心後腦別再被人打。

他聽到這句話便朝我衝了過來，但我瞪大眼睛看著他，閃也不閃的樣子讓他無可奈何。他好不容易恢復理性，決定轉身離開。我覺得我已經不怕他了，他不過是個卑鄙又狡猾的傢伙。但爲何過去我總是怕他、擔心他的反應呢？是因爲我太膽小嗎？不。是因爲他掌控了關乎我生計的命脈。我只是習慣讓他用工作逼迫我、習慣被他踩在腳底下而已。辭去工作之後，他對我來說不過就是個街頭比比皆是，挺著啤酒肚的中年男子。

隔天，我打電話給鄭室長。

「苦組長，你沒事吧？」

他是眞的打從心底關心我的狀況。

「我覺得很痛快，很爽。」

「眞羨慕你。公司現在的氣氛糟透了。」
「都是我害的，眞抱歉。話說回來，我有事情想拜託你。」
「什麼事？」
「把《Be My Ghost》的檔案寄給印刷廠吧。」
「你說什麼？」
「自己經手的書最後沒送印，你也很難過吧？這件事絕對不會對你有任何影響。」
電話那頭傳來一聲嘆息，那彷彿像句子之間的逗號。
「我知道了，你會再跟印刷廠聯絡吧？」
我向他道謝後，便打電話給印刷廠的崔部長。
「組長，消息都傳開了，大家都覺得很爽。但話說回來，現在你不在了，我要怎麼辦啊？」
崔部長用他那爽朗的聲音，語帶調侃地說。
「少在那邊講這些。我要給你一筆訂單，你幫我印一本書吧。」
「什麼書？你辭職以後要轉行當作家喔？」
「沒有啦，你只要幫我印一本出來就好，這是我個人要用的書。」
「一本喔……是要幹麼？」

「我有用途啦。製版費跟印刷費都我來出……」

「不用啦，你把檔案寄給我，下次請我喝酒就好。」

這次我也是道了謝之後便掛上電話。我臉上不自覺露出微笑，突然覺得從事出版這份工作，認識了這些人真是太好了。

誰曉得我最後會用這種方式替在妍把書印出來？

一本就夠了，那本書對文宇謙來說將會是最嚴厲的警告。

接著，我將在妍和文宇謙往來的信件、她的劇本原稿和小說原稿全都列印出來。數量非常龐大，足以說明他這傢伙有多麼無恥。

我花了一天將事情都處理好，到了隔天早上，有種事情告一段落的感覺。我沒有起床，而是繼續躺在床上，到了十一點左右才走出房間。媽坐在沙發上看到我，像是看到去當兵的兒子逃營回來一樣吃驚。她問我怎麼沒去上班，我說我辭職了。像是觸動了什麼開關一樣，她嘮叨了起來。爸從廁所走出來，大概了解狀況之後，露出一副早知會如此的表情，坐到沙發上看起報紙。看爸什麼也沒說，媽便再度提高分貝。

「都在這間公司待五年了，幹麼突然辭職？」

「正確說來，我不是辭職，是被開除。」

我從冰箱拿水出來喝。想脫離媽的嘮叨和爸的輕視，我就必須搬出去獨立。雖然在辭職的時候，我就已經決定要搬出去住，但我確實也有些猶豫。辭職就已經讓媽有這麼大的反應了，眞不知道她會有多麼反對我搬出去自己住。但我心中的擔憂很快也煙消雲散。看著對我嘮叨個不停的媽，爸開口說：

「好了啦，出版社那種地方，待再久也沒什麼用啊。」

爸像在甩扇子一樣，唰啦摺起報紙轉頭看我。

「你之後就來補習班吧，我正打算想叫一個諮詢師走路，你來頂替他的位置。」

「不，我會自己去找我要做的事。」

「……廢話少說，來就是了。」

「我能當什麼老師？你也知道，我根本沒去修教師學分……」

「誰叫你去教人了？是叫你當諮詢師。提供家長諮詢，學學補習班的運作和經營。」

「如果我答應，那你不就會開除原本的諮詢師？爲了院長的兒子要空降就被炒，那個人該有多委屈？我做不到。」

「你這瘋子……這叫什麼辯解？啊？」

見我沒有回答，爸點了根菸。看爸開始在家裡吞雲吐霧，媽瞪了他一眼，隨後轉頭看著我。

「別這麼堅持，聽你爸爸的話。爸爸的補習班遲早要由你來經營啊，這樣不是剛好嗎？對吧？」

媽以迫切的哀求語氣試圖說服我，我突然有些心軟。

「媽，很抱歉，但我會自己看著辦，妳不用擔心我。」

「民眾，你這樣不……」

「不用說了啦。喂，苦民眾，你要是不聽我的話，就從我家滾出去。」

爸主動提起這件事，我眞是感激不盡。

「好，那我去收拾行李。」

我向他鞠躬，然後轉身往房間走去。

「喂！你是不是瘋啦！」

我沒有理會媽對爸的斥責，也不理會爸目瞪口呆的表情，直接進了房間。

過了午餐時間我離開家。離開家前發現爸已經出門不在，我也趁機說服媽媽，說我本來就有打算搬出去自己住。媽似乎也有點擔心我辭職之後經常在家，可能會跟爸起衝突。她問我打算搬去哪，爲了讓她安心，我說會先在朋友家借住一段時間，再去找房子。

離開家走在熟悉的街道上，我覺得心情有些奇妙。說不上是爽快，倒是有些淒涼，有種即將踏上遙遠征途的感覺。三十三歲，現在啓程或許已經太遲。我曾經在電視節目《動物王國》裡看過，兩隻雄性生物終究無法待在同一個屋簷下。

過去三十多年來我只住過延熙洞，要說除了這裡之外，還有哪裡是我熟悉的地方，那就是鷹岩洞了。跟在姸交往的那一年，每到週末我們就會像新婚夫妻一樣，在她家附近四處閒逛。我們會一起去採購、做飯來吃、看《無限挑戰》。星期天早上會睡到很晚，到豬骨湯店大啃豬骨，再到佛光川邊散步。

我來到唯一留有我生活痕跡的社區。跑了幾間房仲，找到能立刻入住的房子。經過前面房東所住的洋房，從後院的鐵門進去，便有一間廚房與客廳連通，還附上一個臥室的小房子。押金一千萬，月租五十萬。

我領了錢付押金和租金，便將行李放在空蕩蕩的房間裡。眞的是個名符其實空蕩蕩的房間。我得找點東西來塡滿這裡才行。我把要採買的東西寫下來，一邊寫還一邊流汗。這時，房東爺爺突然開門走進來，拿了棉被和幾個枕頭給我。完全沒想到要買寢具的我，與其說是感激，更多的是驚訝。他說他看我需要這些東西，便把家裡多的拿過來，要我放心拿去用。我有些哽咽，但還是故作鎭定地向他道謝。

我寫好採購清單便出門。爲了買電風扇、洗衣機和冰箱，我準備去一趟二手家電賣場，這時我看到了哈夢尼超市。這間超市總是賣很多便宜啤酒，我跟在姸以前常去。這麼說來，我租房子的地點，就跟在姸過去的租屋處在同一區。我想起來，只要沿著對面那條路一直走下去，就會到她以前租的半地下室。

現在是誰住在那呢？跟我分手之後，她找到一間更便宜的房子，便搬到安山去了。一想到往後每次去哈夢尼超市都會無可避免地想起她，我的心情便十分複雜。爲何偏偏是在這個社區？眞是太可憐了。想著想著，我無奈地笑了出來。如果這叫做可憐，那偷了她的骨灰搞出那場有如鬧劇的旅行，還吵著說要爲她報仇又該怎麼說？那叫做愚蠢。是啊，女人總是可憐，而男人總是愚蠢，於是我決定活得愚蠢一些。

二手家電進駐後，這租屋處就有了能煮泡麵來吃的完善系統，吃睡都解決了。我就這樣過了兩天，還覺得自己只是出來旅行，沒有眞正搬出家裡的感覺。而也就是在這時，崔部長用快遞把書送來給我。她的書，送到了她曾經住過的社區。我拆開袋子，開始端詳那本書。

封面印得非常好看。以老打字機字體印出的B、E、M、Y、G、H、O、S、T幾個大字十分搶眼，上頭則有一隻非常模糊，看起來像幽靈的手，做出彷彿是在打字的動作，以及鄭室長親自用美術字寫出來的書名。

《Be My Ghost》
韓在妍長篇小說

我放下她的書，拿出便利貼開始寫起留言。

給文宇謙導演：

我看過你的電影《Ghostwriter》了。
附上的這本書，是韓在姸作家的長篇小說《Be My Ghost》。
韓作家已經以這部作品跟我們簽約，書也很快就會在書店販售。
對此，我想聽聽導演的回應。

開花樹出版社小說組組長
苦民眾

P.S. 在此附上合約影本，也跟您知會一聲，合約正本在我們手上。

我將便條、名片、書、在姸的合約影本，以及在姸和那傢伙往來的信件紙本一起放進公司信封裡。接著叫了快遞，把那東西送到文宇謙的電影公司。一切都完成後，我有一種正式宣戰的感覺。

而那確實就是宣戰。即便出版社代表已經與他們協議不出版這本書，我還是擅作主張把書印出來，他們看到之後想必會大吃一驚。代表說過，已經把合約交給他們了，而他們肯定也已經將合約銷毀。可是我手上也有合約，為了讓他們知道這件事，我附上了合約影本。

代表那邊交出去的合約，是公司的合約。而在妍還給我的那份合約，我並沒有上交給公司。我一直覺得還能再說服她，所以才一直收著，沒想到現在竟能當成威脅文宇謙和代表的武器。等文宇謙收到書和合約，跟我聯絡之後，我就要找他談判。

等待著與他決戰的機會，就這樣又過了兩天。要適應租屋生活並不容易。媽來找過我，帶了些小菜和衣服來，但在冷清的房間裡一個人吃飯，還是讓人很難適應。不吃會肚子餓，外食又很花錢，自己做來吃又嫌麻煩，我終於知道為何吃飯會被某些人形容是「民間疾苦」之事。

另一方面，我也連上出版人常用的求才網站，每天都在看徵人公告，卻都沒看到喜歡的職缺。我覺得自己不是不滿意徵人條件，而是對出版這件事徹底失去了興趣。我開始覺得，既然都離開家了，那是不是也得離開這個產業，去挑戰一些新的事情？但我一下子也想不到要做什麼。我不是優柔寡斷，而是無念無想。竟然沒有什麼想做的事，那我以前究竟是怎麼過的？這樣的自責與無力充斥著狹小的房間，狠狠折磨著我。

書寄出已經過了一星期，文宇謙卻完全沒有跟我聯絡。難道是沒有騙到他嗎？我焦慮了起來。《Ghostwriter》的票房已經衝破三百萬觀影人次，逐漸往四百萬邁進。現實就是這麼諷刺，安迪的復仇反倒便宜了文宇謙。現實總是能凌駕想像，確實是比理想或夢想要強多了。在妍以前也經常跟我抱怨，有時候現實比電影更像電影，也因此要寫出好劇本並不容易。這是真的。在這個沒有必然，而是被偶然所支配的世界，我總是不斷被提醒人類究竟有多渺小。

從這個角度來看，比起喜歡深思熟慮的我，總是想到什麼做什麼的安迪，或許反倒更能適應現實也說不定。安迪後來怎麼樣了呢？我突然很想念他。我後來又打了安迪的電話，但依舊沒接通。不過，我決定要像安迪那樣積極衝撞一次。

我打了電話到文宇謙公司的代表號碼。跟接電話的人表明我是一週前寄快遞給文宇謙的出版社人員後，便換了一個聲音聽起來非常粗魯的女人來接。

她說自己是跟文宇謙一起工作的製作人，並表示我寄去的東西，他們已經跟開花樹出版社代表確認過，內容都是假的。接著她又警告我，說我這樣謊稱自己是出版社員工還偽造文書，是一種犯罪行為。

我說，我可以證明我寄去的東西全都是眞的，沒有任何僞造。那本小說確實是韓在妍作家的作品，更強調我手上的合約是正本。女人說她已經無話可說，然後便有意掛上電話。最後我問她，她的想法是否跟文宇謙的想法一樣。

「當然一樣。」她不屑地說。

「那這些內容，我可以公開在網路上嗎？」我問。

「網路？你是什麼意思？」

「就是社群平台。像是Facebook、青瓦臺總統府網站，還有好多新聞社群留言區，不是嗎？」

「我不曉得你想上傳什麼內容，也不知道你爲何想要上傳。」

我能感覺到，電話那頭的女人極力壓抑自己激動的情緒。

「我的意思是，雖然你們無話可說，但我有很多話想說，既然你們不聽我說，那我就發表到網路上，讓你們不得不看到我想說的話。」

一陣沉默過去，對方說：

「我跟導演討論一下再跟你聯絡。」

「拜託你們盡快跟我聯絡，等到不耐煩，我可能就乾脆直接……」

電話被掛斷了。你們也就只有現在能不把我當一回事了。

隔天，那個女製作人打電話來，約好跟文宇謙見面的時間，就在四天後下午三點，地點是導演在三成洞的電影工作室。地址她用簡訊傳給我，我又不是去試鏡……總之，那天就是決戰之日。我重讀了一次在妍和導演往來的信件，還有她部落格的日記。為了隨時能把這些證據拿出來堵文宇謙的嘴，我希望把內容記起來，而這同時也能幫助我燃起鬥志。

隔天早上，一個不知名的號碼打來。我有些緊張，擔心是文宇謙。他可能是想提前跟我聯絡，來攻我一個措手不及。但我也不能不接，於是我深吸了口氣，接起電話。

「喂？」

「欸，老哥，你有想我嗎？」

是安迪。

他說本來想去公司找我，所以車已經往麻浦的方向開過去了，聽到我說我已經離職，便趕緊調頭，在三十分鐘內開到鷹岩洞。除了頭髮剪短之外，他沒有其他改變。我們就像下雨天一定會碰面的酒友，很自然地去豬骨湯店喝起酒來。

我問起他那件事的始末，安迪說家裡好不容易湊了保釋金保他出來。代價是他被帶回麗水，被媽媽和哥哥折磨了好一陣子。手機被拿走、錢也被拿走（他身上還有錢能被拿走？），被關在麗水一邊幫忙店裡的生意。他說是這樣說，我卻覺得很不眞實。

總之，安迪覺得他找文宇謙復仇大快人心，卻沒想到那傢伙的電影反倒賣得更好，所以他又開始思考要怎麼折磨文宇謙才好。他說他三年前也是這樣，從家裡拿了錢出來，買了輛二手車和新手機，立刻就來到首爾。聽他這麼說，我一方面有些高興，一方面又有些擔心。

「這個世界眞的對壞人很好耶，那傢伙的電影怎麼能賣這麼好？」

「安迪。」

「幹麼？」

「你是怎麼跟警察和記者說的？」

「沒用啦，我什麼都跟他們說了，但根本沒人相信。」

「你怎麼說的？」

「我說那個混蛋導演偷了我死去女友的作品。」

「然後他們說什麼？」

「他們要我拿出證據，問我有沒有具體的事證或其他證明。」

「你當然拿不出來啊。那爲什麼不跟我聯絡？你要是跟我聯絡，我就能給你資料，讓記者可以拿去寫新聞。」

「我不想把你也牽扯進來，給你造成困擾。我本來以爲只要讓那傢伙吃屎就夠了……沒想到他的電影反而更賣了，我眞的氣到睡不著，幹。」

「你應該要跟我聯絡的！」

「對不起。我一個人亂來，事情就變成這樣了，我就是這樣啦。」

安迪立刻道歉，自怨自艾地喝起酒。看他這樣，我倒是覺得有些心疼。

「你覺得我會這樣什麼都不做嗎？」

聽我這麼一說，安迪瞬間又恢復了生氣。

「你想到教訓那傢伙的方法了嗎？」

「我本來想出版那本書，給那個混帳導演難堪。」

「就是該這樣！書出來之後，那傢伙抄襲的事就會曝光了吧？很好！」

「但出版社代表那個混帳，居然跟那個導演串通，害我沒辦法出書了。」

「什麼？」

「所以我跟代表大吵一架，被出版社炒了，還搬出我爸媽家，現在住在這裡。」

「哇，你這傢伙，你才應該主動跟我講吧？早知道你有打算，我可以去幫忙，看是要威脅你們代表，還是要拷問他，反正我會想辦法讓他出書。」

安迪瞪大了眼睛說。

「幹麼？你又想拿糞潑他喔？」

「唉唷，靠，我是說眞的啦！我們現在就來想辦法讓書出版。」

「出版已經行不通了，但我有想到別的辦法。」

「什麼辦法？我也一起。」

安迪立刻表示願意伸出援手，我心裡覺得很踏實。我點點頭，舉起酒杯，我們乾杯。那趟愚蠢的旅程結束後一個月，我們再度聚首。爲了在妍，我們變得更加愚蠢。

「那……你打算住哪？」

乾完杯後我問安迪。

「老哥你不是搬出來住了嗎？那我可以暫住在這了。」

「你不要再加那個老字，我就讓你借住。」

「欸，靠……」

「不要那個老。」

「又不是吃西瓜吐籽，說不要就不要喔？」

「是要還是不要？」

「欸。」

「白癡喔，不是叫你不要說靠，是說不要老！」

「好啦，以後就叫你『哥』啦。」＊

離開豬骨湯店，我跟安迪一起回到我的租屋處。安迪抱怨房間太小、太悶，結果一躺下來就立刻呼呼大睡。不管到哪都能睡得這麼香，還眞是羨慕他啊。

我盯著睡著的安迪看了好一會兒，突然覺得很安心。兩天後要跟文宇謙見面的事讓我壓力很大，連覺都睡不好，現在有這傢伙一起，我放心不少。

「對了，是地祖。」

安迪突然說起了夢話。

「是叫地祖。」

「什麼？」

「是地祖岳。」

「岳？啊……」

原來他不是在說夢話。他閉著眼睛繼續說：

「在看守所的時候，我遇到一個從濟州島來的傢伙。在裡面也沒別的事可做，我就拉著他一起研究，不對，應該說是逼他跟我研究。很仔細、很認眞地研究，然後他就去幫我打聽出來了。」

「眞了不起。」

「一聽到這個名字我就想起來了，這是在妍喜歡的那座山，就是地祖岳。」

我打開手機的記事本，輸入「地祖岳」。

「再去送她一次吧。」安迪說。

「怎麼送？」我問。

「怎樣都好。我每天晚上都會夢到那天飛到空中的白色骨灰……那個盒子裡會不會還有剩下一點？沒有的話我們至少把盒子帶去那裡埋了，好嗎？」

他不知何時睜開眼睛，一臉眞摯地看著我。我用力點了點頭，然後他才閉上眼睛繼續睡。

隔天早上，我把明天就要跟文宇謙談判的事告訴安迪，然後爲我們彼此分配了角色，安迪只是說儘管包在他身上。把安迪納入這個計畫之後，我才意識到要是沒有這傢伙，事情可眞是不知該如何是好。那天，我們早早就睡了。

＊此處是以韓文的「씨」字玩了一個文字遊戲。安迪對民眾的稱呼「老哥」（형씨）、安迪說的「欸，靠」（에이，씨）以及西瓜籽（수박　씨）這幾個詞裡面都有「씨」。

決戰之日，安迪開車載我去三成洞。

依照導航的指示來到電影公司，公司位於三成洞高級住宅區的某建築四樓，那棟建築有著沉穩的黑色外觀。安迪開著車在附近轉了幾圈，最後把車停在不遠處的餐廳門口。餐廳老闆氣得火冒三丈走出來，但看到安迪這個大塊頭下車，氣焰立刻就消了下去。安迪拿了張五萬韓元鈔票給老闆，不知跟對方說了什麼。

見餐廳老闆回到店內我才下車，安迪則盯著我看。

「不要怕，後面有我撐著。」

我點頭，朝電影公司所在的大樓走去。

我渾身僵硬，才走到一樓入口就有些畏縮。穿越大廳走進電梯，我按下電影公司所在的三樓按鍵。

在妍和文宇謙第一次見面時，文宇謙的出道作品沒能成功賣座，是個連第二部電影也拍不出來的潦倒導演。他當時寄住在一山的父母家，現在卻能進駐三成洞這樣高級的商辦大樓租辦公室。《Ghostwriter》的賣座，讓他有了這樣的能力。但這眞的都是他的功勞嗎？他明明就不是靠自己拍出這部電影的，在劇本創作欄放上在妍的名字，眞有這麼困難嗎？是的，很困難。就像創作歌手一樣，導演必須兼著創作劇本，人們才會更認同導演的實力，也因此他會想盡辦法拿掉在妍的名字。在妍已經一無所有，他卻貪婪地想將在妍剩下的東西都奪走，我必須阻止他獨吞這個成果。

進到辦公室裡，那個長相跟聲音一樣粗魯的女製作人出來迎接我。爲了掩飾敵意，她露出與劣質香水不相上下的劣質微笑，領我走到導演辦公室。

文宇謙坐在色調柔和的白色辦公桌前，一邊看著螢幕一邊抽著菸。訪問曾經提到他很愛抽菸，顯然是無視室內禁菸的規定。白色調的房間設計，讓整間辦公室看起來明亮又舒適。

他抬起頭看了我一眼，隨後又繼續看著螢幕。這簡單俐落的視線轉換，彷彿是在對待一個進來報告工作進度的員工。

「稍等一下。」

他要我等一下。他的聲音並不低沉，像是男高音的音質。女製作人問他要喝什麼，他只是簡短回應「義式濃縮」，我則要了一杯水。

女製作人離開，我坐到接待區的沙發上。他的目光依然沒有從螢幕上移開，我則坐在駝色皮革沙發上環顧整間辦公室。音樂光碟、影像光碟、書籍宛如牆面裝飾，擺得密密麻麻。他導演的電影海報裱框掛在另一邊的牆上，跟其他知名電影海報並排在一起。《Ghostwriter》的威尼斯電影節海報也在上頭，主演的那對男女剪影分別以黑色與白色呈現，設計十分簡約。至於韓國版的海報，則是大大印上了主角的臉孔，兩者的質感完全無法相比，也凸顯了他在威尼斯斬獲的成果。

高級眞空管喇叭流瀉出的低音節奏旋律十分平靜，聽起來像是爵士，又有點像巴薩諾瓦。一股隱約的巧克力香氣瀰漫在辦公室裡，不曉得他抽的是什麼菸。這傢伙不知是眞的很忙，還是有意讓我焦急，只是自顧自地看著螢幕。

接待桌上有個菸灰缸，但要不是裡頭有些菸蒂，我恐怕還認不出那是菸灰缸，因爲那看起來就是個很漂亮的小碗。我掏出菸，用打火機點上，抽了一口，緊張似乎稍稍消退了些。

一名打了眉環、打扮走龐克搖滾風的年輕男子端著托盤進來，將一杯水和一杯義式濃縮放在桌上便出去了。直到這時，文宇謙才起身走了過來。親眼見到他，發現他給人的感覺就跟照片上差不多，但並不如照片裡那樣好看。而他之所以那麼上相，其實是因爲他的臉眞的只有巴掌大。臉這麼小，比例自然好，穿起衣服也就更好看。

「抱歉，我有一封信必須立刻處理。」

文宇謙坐到我對面的沙發上，還不忘跟我道歉，並將某個東西放在桌上。仔細一看，那是我寄來的書與信件資料。接著他注視著我，細框眼鏡之下的眼睛，看不出敵意也看不出善意，只覺得像貓一樣慵懶。

「剛才放在桌上的東西，你都看過了嗎？」

他拿起我隨書寄來的名片，用自己的手機撥打上頭的號碼。他見我的手機響起，才表示「確實是本人」，然後將電話掛斷。我把手機放在桌上。

「我知道你是誰。」

他沒有回答我的問題，反倒開啟了別的話題。我沒插嘴，只是聽他說。

「我當然不會知道你究竟在想什麼，對吧？不過我知道你的意圖。」

「你知道我的意圖？」

「世上的每一件事都不會只有一個成因。每件事情的發生背後都有許多原因，是這些原因的相互交錯、相互作用造就了這些事。一件事情的發生，是眾多因素的作用使然。」

他似乎把我當成學生。我得盡快弄清楚他究竟想說什麼，只是我心情非常激動，腦袋自然也無法冷靜。

「所以呢？」

「民眾先生，你喜歡她哪一點？」

「我不想回答你。」

「是嗎？我喜歡她的才能，她能把畫面用文字描寫出來。她不會高傲地認爲自己是個作家，最重要的是她有足夠的溝通能力，能把她想寫的東西清楚說明給同事聽、給身為導演的我聽，這就是她眞正的才能。」

「……」

「很遺憾，她的小說發生了問題，那些東西都不能出版。裡頭有一些只能用電影呈現的畫面，而她用粗劣的文字毀了那一切。她當時太著急了，所以後來才會被我說服。」

「你說服她什麼？」

我開始失去耐心了。

「我說服她不要出版小說，而她也允許我重新修改她的作品。」

「劇本和小說我都讀過了，你好像幾乎沒改……」

「只用文字來讀劇本，確實會有這種感覺。但你要知道，就像我剛才說的，人如果只從某個角度看事情，很容易有盲點。人必須懂得看大局，而她知道怎麼做。」

他又點了根菸，彷彿在回憶在姸，一邊抽著菸一邊露出沉思的表情。

我抽完剛才點的那根菸，捻熄在菸灰缸裡。

「我寄了你跟在姸往來的信件給你，裡頭有你威脅她不准出書的內容。那又要怎麼解釋？」

「我說過了。在姸那部作品適合寫成劇本，但不適合寫成小說。我只是用我的方式，避免她做出錯誤的選擇。」

「你不要一直用一些歪理硬拗。既然這樣，那爲何在妍的名字不在劇本上？」

「民眾先生，你看過我的電影了嗎？」

「……我看過了，有什麼問題嗎？」

「不，你沒有看我的電影。」

我感覺到自己臉紅了。

「老實說，我根本不想靠近任何放映你電影的電影院，這樣可以了沒？」

我說話變得大聲，口氣也更不客氣了，我得冷靜一點才行。

「那如果她看了我的電影會怎麼樣呢？你有想過這件事嗎？」

「不，我不會去想那種事。」

「你想想看吧。」

「不，在妍死了，她不能去看你的電影，這就是事實。」

文宇謙笑了笑，像在表示他不苟同我的意見。

「在妍並不活在眞實世界裡，她是個活在想像中的人，我們就爲了她想像一下吧。她啊，如果看了電影，肯定會很感激我把她的名字拿掉。」

「神經……」

「她很了解自己，不會像你一樣，一點都不了解自己，卻這樣在別人面前大談自己的歪理。」

我一瞬間有些生氣，但還是按捺住脾氣，繼續把想說的話講完。

「你根本只是在逞口舌之快。」

「是嗎？民眾先生，那你又有多了解她呢？你們只交往了一年，你能有多了解她？相較之下，我倒是很了解她。你做出來的這本書這麼拙劣，她會喜歡嗎？」

「……」

「還是她會比較喜歡我的電影？她會因爲小說上印了自己的名字，就無條件喜歡這本書嗎？還是會喜歡雖然沒掛上自己的名字，卻擁有完整世界觀的電影？」

「你不要一直拿在姸當擋箭牌，你根本只是拿她當藉口逃避責任。」

文宇謙沒有回答，而是拿出手機不知輸入了什麼。很快地，我便收到他傳來的圖片。因爲不知道究竟是什麼狀況，我連忙打開圖片來看。

那是他跟在姸的簡訊截圖，是在姸死前一個月的對話。

——身體好多了嗎？

——我連去醫院的力氣都沒有。

——錢呢？

——錢也沒了。

——我會先轉一百萬給妳。

——謝謝。

——寫作不是靠腦袋，是靠手。腦袋會騙妳，但手不會。腦袋由心靈控制，但手由身體控制，妳得先照顧好身體，才能繼續創作。

——我知道。

——我在開會，之後再說。

——好。開會順利。

文宇謙盯著我看，一副等著我看完簡訊內容，看看我會說些什麼的態度。我看著意外的簡訊，又看了看他，不知道自己該說些什麼。

「她一直很支持我的創作。在她過世之前，我也一直盡力支持她。你覺得這有什麼問題嗎？」

那傢伙說話的聲音十分輕柔，卻很快速。

我什麼都沒說。當下我只覺得大受打擊，在妍到死前都還在跟這傢伙溝通，甚至還跟他借錢。她爲何不聯絡我？我沒有理會心中湧現的嫉妒與埋怨，抬頭看著文宇謙，而他則靜靜微笑著。

「看來你跟她並沒有太多交流，畢竟連她的信箱都是你偷偷駭進去的。」

「……」

「她對你的想法，眞的跟你對她的想法一樣嗎？你會不會是一個人沉浸在回憶裡，一直不肯放棄過分的執著？或者說……是想藉著出版這本書大撈一筆？」

「你說什麼？」

「說來聽聽吧，你跟她之間特別的關係，還有你跟她之間是如何交流。」

面對他的問題，我感到很混亂，不知該說些什麼。

「如果你不知道，那就由我來說吧。她曾經跟我提過你。她是說什麼……啊，說你死板、膽小、小心眼，跟你相處起來很累人。」

我整個人僵在那，幾乎連呼吸都要停了。

「要我說得更清楚一點嗎？你想知道眞相嗎？」

我像在抵抗一樣，惡狠狠地瞪著他，而他看著我的眼睛繼續說下去。

「雖然我反對，但她還是很想出版那本小說。可是就像我說的，看在你眼裡，那或許是本好小說，看在別人眼裡卻不是這樣。因爲那本書確實被所有徵文比賽和出版社退稿，就像我說的，只有你讓這本書通過審查。」

「不，這種事情很常見！徵文落選、被出版社退稿，這都是常有的事！」我氣得大喊。

「那她不是跟你說，希望你能盡快替她出書嗎？她爲何會這樣說？她知道雖然你說會努力，但只要上面反對，書就出不成，所以才會那麼著急。你覺得我爲什麼會知道這麼多？」

聽完文宇謙這番話，我不知不覺開始回想起跟在妍的過去。

「所以眞相就是，她爲了出版這本小說而利用你。」

「別說了。」我垂下頭低聲說。

「出版小說的事情失敗之後，她不是就跟你分手了嗎？好，那接下來的部分你可以自己想像了吧？」

我開始想，我可不能就這樣低著頭，承認文宇謙說的話沒錯，摸摸鼻子離開這個地方。但深信在妍不可能利用我的想法，卻也開始受到動搖。那究竟是在妍的眞面目，還是文宇謙的謊言？爲了釐清這件事情，我平靜的心開始如故障的秤一般搖擺。

「想過了吧？如何啊？苦民眾先生？」

苦民眾先生？

那傢伙第一次稱呼我的全名，這像一記警報似的敲醒了我。是啊，我是苦民眾，曾經是個一天到晚想東想西、謹慎膽小、優柔寡斷又畏首畏尾的人。但如今的我已經不再是這樣了。叫我想？這傢伙狡猾得像蛇一樣，居然要我去思考他講的話？

不，我不要想，我要像安迪一樣直球對決。

「夠了，文宇謙，是你殺死了在妍。」

「我已經說給你聽了，你還是聽不懂，那也沒辦法了。」

「無論在妍有沒有利用我，那都無所謂。在妍利用我，並不會導致她的死，但是你殺死了在妍。用剛才那番詭辯搶走她的作品，讓她身心都生病的人是你！懂嗎？」

面對我的反擊，他也沒有失去理性，而是冷靜地將自己的濃縮咖啡喝完。

「我能理解你的悲傷。聽到她的死訊，我也非常難過。」

「你說的話跟行爲實在對不上，少在那廢話！明明是你害死她，卻還說你很難過？我才想問，你眞的了解你自己嗎？你都不知道自己在折磨她嗎？」

我喊得口沫橫飛，但我越是激動，那傢伙看我的眼神就越是憐憫。我繼續喊：

「是啊，我是不知道，我連她要死了都不知道。但我剛看簡訊，你根本什麼都知道，你知道她生病需要錢，不是嗎？她甚至還必須依賴你，你覺得給她一百萬就沒事了嗎？你眞的轉了一百萬給她嗎？」

我像個瘋子一樣開始質問，他依然沒有回應。

「不是啊，我們就講清楚嘛。你明知道在妍生病都要死了，還沒有伸手幫忙，那不就等於是你殺了她嗎？其實你根本希望她死掉吧？她死了，這才會變成你一個人寫的劇本，因爲這樣就不會有人去計較這件事了，對吧？回答啊！混帳！你明明就搶了在妍的劇本！」

我失去理性大吼，吼完才喘著氣看那傢伙。

始終面無表情的他，就在我看他的那一刻不屑地笑了一下。他向後靠在沙發上，滿不在乎地說：

「你要講成這樣，那就是我殺死她的啊。」

「你這傢伙……」

「你說得很好，講成這樣，確實很值得一聽。我想剛才是我說得太委婉你才會生氣，我現在就直說了。」

「說啊，混帳！」

「是我偷的，沒錯。我想偷過來把劇本寫得更好，所以才故意不跟她簽約。對啦，那時候我也沒錢，根本不可能跟她簽約。」

「……」

「在妍她實在太不會寫了，所以是我講給她聽，她才照著我說的寫下來。你覺得這樣我應該要把她的名字掛在編劇上嗎？」

「什麼？打從一開始提出這個發想的人就是在妍！不是嗎？」

「這種發想就跟街上的石頭一樣滿地都是，問題是要怎麼發揮。劇情都是我想的，她想改成小說自己賺一筆，我能放任她嗎？我會跟你一樣，像個傻子一樣答應她嗎？你自己想想看嘛。」

文宇謙舉起手按了按自己的太陽穴。

「那信的內容呢？那又是怎樣？你偷偷登記了著作權，還好意思這麼大聲？不怕我把這件事傳到網路上……」

「網路？去寫啊，你就儘管寫。你就說你是她男友，隨便你去寫吧。」

文宇謙語帶從容地挖苦我，我一下子不知該怎麼回應。

「你就去寫啊，網路、Facebook，說我苛待她。但你又不是當事人，說出來的話有誰會信？而且我聽說你打了出版社的人，直接被解雇了。你把這些事情上傳到網路，有誰能替你擔保這是眞的？」

「……」

「神經病，沒事跑來我這裡發瘋。最可憐的就是那個死掉的女人啦。你知道在妍那女人跟我講什麼嗎？她說那是她的作品，到她死之前，都絕對不能讓別人亂用。但現在她死啦，她看不到啦，那我不就能隨便用啦？怎樣，行了沒？」

「……」

「啊，陪你玩一玩，現在覺得好累，你走吧。」

文宇謙起身，伸了個懶腰後走回辦公桌。

我調整呼吸，把他放在桌上的小說還有那些資料收進背包裡。我站起身，拿出一根菸叼在嘴上，用打火機點燃。

我抽著菸，來到他的辦公桌前。他看著我，露出一副玩世不恭的笑容，似乎是想看看我還要做什麼。

我關掉打火機的錄音鍵，倒帶後按下播放鍵。

「……最可憐的就是那個死掉的女人啦。你知道在妍那女人跟我講什麼嗎？她說那是她的作品，到她死之前，都絕對不能讓別人亂用。但現在她死啦，她看不到啦，那我不就能隨便用啦？怎樣，行了沒？」

文宇謙的表情瞬間驟變。

「這是怎樣？」

他瞪大了眼睛，瞳孔不斷顫抖。

「你以爲我會用手機錄音，對吧？所以才故意打電話給我……你以爲只有你想到這點嗎？」

「你這傢伙……」

「我會傳到網路上。你不是說隨便我傳嗎？我會聽你的，行了吧？」

我轉身離開，感覺到文宇謙有些遲疑地站了起來。他慌忙的聲音從我背後傳來。

「站住，你眞的錄下來了嗎？那不是打火機嗎？」

我轉過身，把打火機塞到他面前，讓他看清楚上頭的商標。他的目光集中在那粗粗的斜體字上。

「這東西叫『一級祕密』，王八蛋！」

我越過他的辦公室準備離開，他高喊道：

「抓住他！抓住那傢伙！」

聽到文宇謙的命令，辦公室的員工紛紛衝出來追我。我拔腿就跑，拚命衝出辦公室的大門。

電梯在一樓，我選擇走樓梯。文宇謙和他的員工全都跟在我身後，打火機要是被搶走，那一切就沒用了。我拚命狂奔，衝到一樓的大廳，但後頭的電影公司職員很快追了上來，一把拉住我，我摔倒在地。

「打火機，快搶！快搶過來！」

從後頭跟上來的文宇謙一聲令下，一旁的員工便把我拉起來，開始搜我的身。爲了不被他們搶走打火機，我一直縮著身子。就在這時傳來啪一聲，一個抓住我的員工突然鬆開了手。是安迪。安迪就像在打冰上曲棍球一樣，用自己的身體把那些傢伙推開。

瞬間，抓著我的三個人都被他推倒在地，現在安迪來到文宇謙面前。

文宇謙倒退了幾步，看著安迪，失聲叫了出來。

「怎樣？要再多餵你吃點屎嗎？」

安迪舉起他那鍋蓋大的拳頭。

「啊啊！」

文宇謙瞬間害怕地蹲了下去。

其他員工也都被安迪的氣勢給嚇得動彈不得，而我則趁機躲上車。安迪再度威嚇他們，然後也跟著上車，我們就這麼開車離開現場。

回到家之後，我以「文宇謙導演的劇本是偷的，對方是曾經跟他一起工作過，現在已經過世的編劇」爲題，簡單把事件的始末、在妍的日記和信件寫出來貼到網路上。

就像文宇謙那傢伙說的，留言的意見很分歧，但討論並沒有因此停止。有些人說不能只聽單方面的說詞、說文宇謙不是那種人、說他紅了就有人想出來分一杯羹、說不能隨便相信，要我拿出證據，也有不少意見認爲這篇文章實在不可信。

而我則再度發表文章，上傳文宇謙和我的對話錄音檔作爲證據。

然後，風向立刻就變了。

任何話題都有機會讓網路世界的居民生氣。這一次，他們集中砲火對著文宇謙開罵。幾家媒體聯絡了我，我跟安迪和無線電視台的某時事節目製作人碰面，接受他們的採訪，並把資料交給他們。

兩週後，安迪跟我一起坐在小房間裡，用我們買來的二手電視等著看那檔時事節目的首播。

該節目的招牌主持人，是一位原爲中堅演員的時事記者。節目一開始，便以文宇謙在威尼斯影展獲得銀獅獎的畫面、返國時在機場成爲眾多鎂光燈焦點的鏡頭，來介紹文宇謙與《Ghostwriter》這部電影。

「不過，如此風光的文宇謙導演，卻在電影貴賓試映會這天，遭到不明男子發動可怕的攻擊。這名僞裝成保鑣接近文導演的男子，竟朝著文宇謙導演的臉，潑灑裝在冰淇淋盒裡的穢物。經過確認，盒中的穢物爲人的糞便。犯下這起可怕攻擊案的男子，當時對著文導演大吼了幾句話，隨即被眞正的保全制止並帶離現場。他究竟爲什麼要做出這種事？」

看到自己的臉出現在電視上，即使被打上馬賽克，安迪依然非常滿意。他一口乾了啤酒，而我忍不住問道：

「話說，那個糞。」

「怎樣？」

「你是從哪弄來的？」

「是我的啊。」

「噗！」

「我忍了兩天，拉了好大一泡才裝進去的。」

「幹得好，眞的幹得很好。」

主持人接著說：

「潑糞攻擊案的始末尚未查明，不到一個月，網路留言板上竟然有人貼出了這樣的文章……」

安迪對我舉起手，我跟他擊掌。

無線電視台的威力無遠弗屆。原本只在網路上沸騰的輿論，隨著各大綜藝節目、電視新聞的報導，人們也開始檢討起文字謙。

文宇謙正式發出聲明，表示會盡早表明官方立場，同時也發新聞稿說會對我提告，但他們實際上什麼都沒做。

在妍懷才不遇，未能出名便死去的事情也重新受到矚目。她辭去穩定的公職，爲了追求成爲編劇的夢想而努力了五年，卻沒能得到一份像樣的合約、發表眞正完整的作品。這樣的人生，被幾家新聞媒體寫成了報導。在媒體的報導中，她是一名因生活困頓而導致健康惡化，最終孤獨死去的追夢青年。但這些報導對我來說都已經不再有意義，世人的同情也沒有維持多久。

我曾經想過，在妍是否眞如文宇謙所說的，是在利用我？她出書是不是爲了能繼續跟文宇謙聯繫？而她是否也只是爲了這個目的跟我交往？她眞的認爲我是個死板、小心眼且難以相處的人嗎？在她眼裡的我，眞的只有這樣嗎？

她已經不在這世上了，我也不可能再拿這件事去問她。不，即便她就在我身邊，這件事也不該拿出來問。詢問這件事情，本身就是對她的懷疑，這樣一來，我每次想起她時，便不會這麼戀戀不捨。那是一段青澀且仍有許多缺憾的愛情，但我仍用盡了自己的全力去愛她，我不懷疑這份愛。

我相信，當時她也一定是這樣。

不知不覺，已經是深秋了。

懲罰了文宇謙之後，大多數的時間，我都跟安迪一起窩在小房間裡。我們就像一整天按表操課結束，滿足地躺在宿舍裡的阿兵哥。他繼續遊手好閒、構思他所謂的事業，而我嘴巴上說要照自己的步調找新工作，實際上什麼都沒在做。

當然，我們都還有一件該做的事。

準備好之後，我們背起背包前往機場。

後記
重回濟州

經過她的骨灰飛向天空的那條路，我們朝地祖岳前進。

來到附近，導航卻無法正確帶我們前往地祖岳所在的地方。我和安迪拿著智慧型手機，對著地圖一邊鬥嘴一邊找路。最後，我們在加時里附近，發現一條通往地祖岳的狹窄水泥道路。沿著那條路走了好一陣子，才終於看到一個小小的停車場。

下了車，安迪用下巴比了比前面。一座形狀開闊飽滿的山岳，就坐落在一整片蘆葦之間。通往地祖岳的入口，紅色的火山岩如地毯似的鋪了整地。我們走在那條路上，緩慢登上地祖岳。

來到地祖岳的最高處，我立刻就明白在妍爲何喜歡這裡。山岳頂上長滿了一整片的蘆葦，襯托出秋天的迷人風情，眼前開闊景色的盡頭是濟州大海，讓人心曠神怡。

地祖岳的稜線起伏，勾勒出三座小山峰，上頭的蘆葦如波浪般隨風搖曳。我和安迪爬上稜線的最高處。即便是平日，仍有幾名觀光客在上頭享受著遼闊景緻。我們沿著稜線繞了地祖岳一整圈，就像在城牆上巡視的士兵，一次又一次地確認這座她即將長眠的城牆是否穩固。

我們沿著稜線往深處走。沿著蘆葦叢之間狹窄平緩的小路走著，輕撫過我手臂的蘆葦與帶著香氣的微風，讓我的心平靜下來。我希望、我想、我知道，這是因爲我希望讓在妍長眠於此，希望她能坐擁開闊的景色、在柔軟的蘆葦擁抱中靜靜沉睡。

走在前頭的安迪，早一步抵達了山岳的中心。只要躺下去，就會徹底被蘆葦包圍，是個極爲舒適之處。我和安迪放下背包，拿出掛在背包旁邊的鏟子，挖開地面。我們在混著紅色碎火山岩的地上挖出一個凹洞，那又軟又細的土讓我感覺很好。能夠將她埋在這樣柔軟的土壤之中，我覺得很棒。我們不在乎他人的目光，只是專注挖著地，大汗淋漓都渾然不覺。

最後，我們挖出能放入一個行李箱的空間。我放下鏟子，用毛巾擦了擦汗，然後將毛巾遞給安迪。安迪擦汗的時候，我打開背包的拉鍊，拿出那個木盒。

淡淡的木頭香味傳來，我將盒子打開，盒子底部還鋪著一層若有似無的白色粉末。那是她僅存的一點痕跡，而我不自覺低頭往盒子裡探去，幾乎要把臉埋進裡頭，就這樣深吸了口氣。就像我們曾經共度的時光，我與她分享自己的呼吸。現在，該是時候送她離開了。

安迪把木盒從我手中接過去，放進那個土坑裡。我從背包拿出一本書，就是離開文宇謙的辦公室時，也跟著回到我手中的那本書，是她的作品。

看著封面，我將書名唸出來。《Be My Ghost》。

安迪從我手上接過《Be My Ghost》，放進木盒。書的尺寸與木盒剛好吻合，就像一個躺在床上熟睡的孩子。那本書將不會有任何人閱讀，她的故事會跟她一起封印於此，只有我和安迪記得她，直到永遠。

最後，我從口袋裡掏出一顆火山岩，那是她從濟洲島回來之後送給我的禮物。我將石頭放在她的書上，希望那顆石頭能陪她再一次去旅行。

安迪蓋上木盒，我們互看了一眼，同時低下頭閉上眼睛。

埋葬她之後，我們離開了地祖岳。

涼爽的風由下而上，吹涼了我和安迪的心。

作者的話

有一個人曾經比任何人都自由，卻居無定所。站在他的遺骸面前，我希望他能再次自由。但我沒有膽子帶著他的骨灰罈逃跑，因此我需要有人代替我做這件事，那個人就是安迪。

想像源自於對現實的不滿足，而將這樣的想像寫成作品之後，那就成了新的現實。我爲了想把現實告訴他人而寫，而那就成了故事。

大部分的電影導演、出版社老闆，絕對都不像這部作品裡描繪的那麼貪婪無恥，但這也並非純屬虛構。文化藝術界的進入門檻很低，卻也很高。看似人人都能跨進去，但爬到某個層級之前，會需要做出很多的犧牲。在那個過程中，我目睹了許多有志之人的毅力與熱情被詐取，而我同樣也是其中一人。

希望這個世界，能讓像在妍這樣爲自己喜歡的事情奮不顧身的人，獲得更多鼓勵、不會輕易被打倒。這是我寫這本書的初衷，也是另一個開始寫故事的契機。

我的第一部小說《望遠洞兄弟》獲得許多人的厚愛。從推特的一句話短評到長文心得，我經常一個人像傻瓜一樣，笑著閱讀各位讀者的反應。我一直很敬重的電影製作人提議合作，作品開始著手改編成電影，也已經順利改編成舞台劇，帶給觀眾一場又一場溫暖的演出。我真的非常感激。

即便如此，作家的生活還是沒什麼變化。我雖然成為小說家，但還是幾乎沒有什麼創作的委託，依然繼續我的主要工作——劇本創作。不過，我還是一直覺得我應該要寫小說。要寫出一個好故事，讓喜歡《望遠洞兄弟》的讀者不會失望，但是要讓大家覺得那是只有我才能寫出的故事，實在很不容易。

直到我遇見了安迪，也遇見了安迪的情敵兼夥伴民眾。不久，我又想到了他們必須保護的在妍、想到他們必須對抗的人。當我準備好把這個故事寫下來，手指便勤奮地在鍵盤上行走，一如他們走過的旅程。

當人們問我，下一部小說要寫怎樣的故事時，我總說是兩個男人和一個女人一起旅行的故事。這話並沒有錯。從某個角度來看，這是旅行的故事。但敏銳的讀者會發現，這也是我預計創作的下一個故事，《代理旅人》（暫名）的變奏版。前提是民眾和安迪代替在妍踏上的這趟旅程，如果可以稱爲旅行的話。希望在讀者心中，這也會是趟讓人感覺暖心的旅行。

我在忠清北道曾坪的「二十一世紀文學館」開始寫這部作品，最後在西歸浦市南元邑下禮里的「首爾王子飯店濟洲寫作室」完成。我要深深感謝二十一世紀文學館的金尚哲代表與工作人員、首爾王子飯店的南尙滿會長與相關人士，建造了讓作家能夠入住、創作故事的地方。

我也要感謝樹旁之椅的李秀哲代表及出版社員工，繼第一本小說之後繼續發行我的作品。希望這本小說能夠出一點力，讓堅信韓國小說擁有堅強實力的出版社，能夠成長爲一個專營文學的品牌。

感謝默默讀完我那難以閱讀的草稿、爲我講評的金政大、鄭賢澈、宋旻京、金賢俊、柳正完、金成一。他們的支持與建議，都成了我最好的羅盤，讓這個故事不至於失去方向。

感謝在濟洲旅行與資料調查上，提供我莫大幫助的金周美。如果沒有她，這個故事將無法完成。另外，也要謝謝爲我檢閱麗水地方腔調是否正確的金民宰。此外，我也不會忘記還有許多人的幫助，讓這個故事能更像一個故事。

最後，我想將這本書獻給我從來沒有好好感謝過的父母——金玉炫先生與崔明子女士。兩位不同於小說裡的父母，總是支持兒子選擇的路，並且從不吝於給予溫暖的鼓勵。過去兩位都是文藝青年，而我也再一次下定決心，一定要寫出不讓兩位蒙羞的作品。

出身羅馬尼亞的法國雕塑家康斯坦丁·布朗庫西，曾經用這樣一句話形容創作：「如神一般創作，如王一般命令，如奴隸一般工作。」雖然我還難以像神、像王一樣，但我有信心，相信自己能像奴隸一樣。我會成爲自己的奴隸、成爲喜歡我故事的讀者的奴隸，不停寫下去。

二〇一五年秋
金浩然

＊編按：「作者的話」出現的韓國人名皆為音譯。

Eurasian Publishing Group 圓神出版事業機構 用心與你對話・網野無限寬廣
寂寞出版社 Solo Press

www.booklife.com.tw　　reader@mail.eurasian.com.tw

SOUL 055

情敵

作　　者／金浩然 김호연
譯　　者／陳品芳
發 行 人／簡志忠
出 版 者／寂寞出版股份有限公司
地　　址／臺北市南京東路四段 50 號 6 樓之 1
電　　話／（02）2579-6600・2579-8800・2570-3939
傳　　真／（02）2579-0338・2577-3220・2570-3636
副 社 長／陳秋月
副總編輯／李宛蓁
責任編輯／李宛蓁
校　　對／朱玉立・李宛蓁
美術編輯／金益健
封面插畫／Dofa Li
行銷企畫／陳禹伶・鄭曉薇
印務統籌／劉鳳剛・高榮祥
監　　印／高榮祥
排　　版／莊寶鈴
經 銷 商／叩應股份有限公司
郵撥帳號／ 18707239
法律顧問／圓神出版事業機構法律顧問　蕭雄淋律師
印　　刷／祥峯印刷廠
2024 年 07 月　初版
2024 年 07 月　3 刷

定價 440 元　　ISBN 978-626-98177-8-8　　

人生就是關係，關係的根本就是溝通。
我發現只要能跟身旁的人交心，幸福其實離我們不遠。
——《不便利的便利店》

國家圖書館出版品預行編目資料

情敵 / 金浩然著；陳品芳譯. -- 初版. -- 臺北市：寂寞出版股份有限公司,
2024.07
320 面；14.8×20.8公分（Soul；55）
譯自：연적
ISBN 978-626-98177-8-8（平裝）

862.57　　113007060